CARLOS FUENTES

Agua quemada

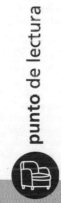

punto de lectura

AGUA QUEMADA
D.R. © Carlos Fuentes, 1981

 punto de lectura ᴹ·ᴿ·

De esta edición:

D.R. © Santillana Ediciones Generales, SA de CV
Av. Río Mixcoac 274, Col. Acacias
CP 03240, México, D.F.
Teléfono: 54-20-75-30
www.puntodelectura.com/mx

Primera edición en Punto de Lectura (formato MAXI): marzo de 2008
Quinta reimpresión: mayo de 2012

ISBN: 978-970-812-052-4

Diseño de cubierta: Leonel Sagahón
Composición tipográfica: Miguel Ángel Muñoz
Corrección: Antonio Ramos Revillas
Cuidado de la edición: Jorge Solís Arenazas

Impreso en México

 PRISA EDICIONES

CARLOS FUENTES

Agua quemada

¿Es ésta la región más transparente del aire?
¿Qué habéis hecho, entonces,
de mi alto valle metafísico?

ALFONSO REYES, *Palinodia del polvo*

se quebraron los signos

se rompió   atl tlachinolli
            agua quemada

OCTAVIO PAZ, *Vuelta*

1

El día de las madres

a Teodoro Cesarman

Todas las mañanas el abuelo mezcla con fuerza su taza de café instantáneo. Empuña la cuchara como en otros tiempos la difunta abuelita doña Clotilde el molinete o como él mismo, el general Vicente Vergara, empuñó la cabeza de la silla de montar que cuelga de una pared de su recámara. Luego destapa la botella de tequila y la empina hasta llenar la mitad de la taza. Se abstiene de mezclar el tequila y el Nescafé. Que se asiente solo el alcohol blanco. Mira la botella de tequila y ha de pensar qué roja era la sangre derramada, qué límpido el licor que la puso a hervir y la inflamó para los grandes encuentros, Chihuahua y Torreón, Celaya y Paso de Gavilanes, cuando los hombres eran hombres y no había manera de distinguir entre la alegría de la borrachera y el arrojo del combate, sí señor, ¿por dónde se iba a colocar el miedo, si el gusto era la pelea y la pelea el gusto?

Casi dijo todo esto en voz alta, entre sorbo y sorbo del cafecito con piquete. Ya nadie sabía hacerle su café de olla, sabor de barro y piloncillo, de veras nadie, ni la pareja de criados traídos del ingenio azucarero de Morelos. Hasta ellos bebían Nescafé; lo inventaron en Suiza, el país más limpio y ordenado del mundo. El general Vergara tuvo una visión de montañas nevadas y vacas con campanas, pero no dijo nada en voz alta porque no se había puesto los dientes falsos que dormían en el fondo de un vaso de agua, frente a él. Esta era su hora preferida: paz, ensueño, memorias, fantasías sin nadie que las desmintiera. Qué raro, suspiró, que hubiera vivido tanto y ahora la memoria le regresara como una dulce mentira. Siguió pensando en los años de la revolución y en las batallas que forjaron al México moderno. Entonces escupió el buche que hacía circular en su lengua de lagartija y sus encallecidas encías.

Esa mañana vi a mi abuelito más tarde, de lejos, chancleteando como siempre a lo largo de los vestíbulos de mármol, limpiándose con un paliacate las permanentes lagañas y las lágrimas involuntarias de sus ojos color de maguey. Lo miraba así, de lejos, era como una planta del desierto, nomás que moviéndose. Verde, correoso, seco como los llanos del norte, un viejo cacto engañoso, que iba reservando en su entraña la escasa lluvia de uno que otro verano, fermentándola: se le salía por los ojos, no alcanzaba a bañar los mechones blancos del cráneo, que parecían pelos de elote muerto. En las fotos, a caballo, se veía alto. Cuando chancleteaba, ocioso y viejo, por las salas de mármol del caserón del Pedregal, se veía chiquito, enjuto, puro hueso y piel desesperada por no separarse del esqueleto: viejito tenso, crujía. Pero no se doblaba, eso no, a ver quién se atreve.

Volví a sentir el malestar de todas las mañanas, la angustia de ratón arrinconado que me cogía al ver al general Vergara recorrer sin propósito las salas y vestíbulos y pasillos que a estas horas olían a zacate y jabón, después de que Nicomedes y Engracia los lavaban, de rodillas. La pareja de criados se negaba a usar los aparatos eléctricos. Decían que no con una gran dignidad, humilde, muy de llamar la atención. El abuelo les daba la razón, le gustaba el olor de zacate enjabonado y por eso Nicomedes y Engracia fregaban todas las mañanas metros y más metros de mármol de Zacatecas, aunque el licenciado Agustín Vergara, mi padre, dijera que lo había importado de Carrara, pero dedo sobre la boca, que nadie se entere, eso está prohibido, me ensartan un *ad valorem*, ya ni fiestas se pueden dar, sales a colores en el periódico y te quemas, hay que ser austero y hasta sentir vergüenza de haber trabajado duro toda la vida para darle a los tuyos todo lo que

Salí corriendo de la casa, poniéndome la chamarra Eisenhower. Llegué a la cochera y subí al Thunderbird rojo, lo puse en marcha, el portón levadizo del garaje se abrió automáticamente al ruido del motor y arranqué a ciegas. Algo, un mínimo sentido de la precaución, me dijo que Nicomedes podía estar allí, en el camino entre el garaje y la maciza puerta de entrada, recogiendo la manguera, tonsurando el pasto artificial entre las losas de piedra. Imaginé al jardinero volando por los cielos, hecho pedazos por el impacto del automóvil y aceleré. La puerta de cedro despintada por las lluvias del verano, hinchada, crujiente, también se abrió sola al pasar el Thunderbird junto a los dos ojos eléctricos insertados en la roca y ya estuvo: rechinaron las llantas cuando viré velozmente a la derecha, creí ver la cima nevada del Popocatépetl, era un espejismo, aceleré, la mañana era fría, la niebla natural del altiplano ascendía para encontrarse con la capa de smog aprisionada por el circo de montañas y la presión del aire alto y frío.

Aceleré hasta llegar al ingreso del Anillo Periférico, respiré, aceleré, pero ahora tranquilo, ya no tenía de qué preocuparme, podía dar la vuelta, una, dos, 100 veces, cuantas veces quisiera, a lo largo de miles de kilómetros, con la sensación de no moverme, de estar siempre en el lugar de partida y al mismo tiempo en el lugar de arribo, el mismo horizonte de cemento, los mismos anuncios de cerveza, aspiradoras eléctricas, las que odiaban Nicomedes y Engracia, jabones, televisores, las mismas casuchas chatas, verdes, las ventanas enrejadas, las cortinas de fierro, las mismas tlapalerías, talleres de reparación, misceláneas con la nevera a la entrada repleta de hielo y gaseosas, los techos de lámina corrugada, una que otra cúpula de iglesia colonial perdida entre mil tinacos de agua, un reparto estelar sonriente de personajes prósperos, sonrosados, recién pintados, Santa Claus, la Rubia de Categoría, el duendecito blanco de la Coca-Cola con su corona de corcholata, Donald Duck y abajo el reparto de millones de extras, los vendedores de globos, chicles, billetes de lotería, los jóvenes de playera y camisa de manga corta reunidos cerca de las sinfonolas, mascando, fumando, vacilando, albureando, los camiones materialistas, las armadas de Volkswagen, el choque a la salida de Fray Servando, los policías en motocicleta, los tamarindos, la mordida, el tapón, los claxons, las mentadas, otra vez el arranque libre, idéntico, la segunda vuelta, el mismo recorrido, los tinacos, Plutarco, los camiones de gas, los camiones de leche, el frenón, los peroles de leche caen, ruedan, se estrellan sobre el asfalto, en las barandillas del periférico, contra el Thunderbird rojo, la marea de leche. El parabrisas blanco de Plutarco. Plutarco en la niebla. Plutarco cegado por la blancura inmensa, líquida, ciega ella misma, invisible, haciéndolo invisible a él, un baño de leche, mala leche, leche aguada, leche de tu madre, Plutarco.

Seguro, el nombre se presta a guasas y en la escuela me habían dicho todo aquello de ¿quequé?, ¿a poco?, ¿repite?, y Verga rara y alabío, alabau, alabimbombá, Verga, Verga, ra, ra, ra, y cuando pasaban lista nunca faltaba un chistoso que dijera Vergara Plutarco, presente y parada, o chiquita, o dormidita. Luego había trancazos a la hora del recreo y cuando me dio por leer novelas, a los 15 años, descubrí que un autor italiano se llamaba Giovanni así, pero eso no iba a impresionar a la bola de cabroncitos relajientos de la prepa nacional. No fui a escuela de curas porque primero el abuelo dijo que

que nadie se entere, eso está proh
valorem, ya ni fiestas se pueden da
riódico y te quemas, hay que ser a
güenza de haber trabajado duro to
tuyos todo lo que

Salí corriendo de la casa, pon
senhower. Llegué a la cochera y su
puse en marcha, el portón levadizc
máticamente al ruido del motor y
un mínimo sentido de la precaució
des podía estar allí, en el camino e
puerta de entrada, recogiendo la n
pasto artificial entre las losas de pie
volando por los cielos, hecho ped
automóvil y aceleré. La puerta de
lluvias del verano, hinchada, crujie
al pasar el Thunderbird junto a los
tados en la roca y ya estuvo: rechi
viré velozmente a la derecha, crei
Popocatépetl, era un espejismo, ac
la niebla natural del altiplano asc
con la capa de smog aprisionada pc
la presión del aire alto y frío.

Aceleré hasta llegar al ingres
respiré, aceleré, pero ahora tranqu
preocuparme, podía dar la vuelta, u
tas veces quisiera, a lo largo de mil
sensación de no moverme, de estar
partida y al mismo tiempo en el lu
horizonte de cemento, los mismo
aspiradoras eléctricas, las que odiab
cia, jabones, televisores, las misma
des, las ventanas enrejadas, las corti

tlapalerí
a la entr
corruga
entre m
persona
Claus, la
ca-Cola
el repar
chicles,
de mang
fumand
las arma
Servand
mordida
arranque
do, los t
nes de le
estrellan
contra e
blanco c
por la bl
haciénd
aguada,

Seg
habían d
Verga ra
ra, ra, y
dijera V
midita.
me dio
italiano
nar a la
No fui

eso nunca, o para qué había habido revolución, y mi papá el licenciado dijo que okey, el viejo tenía razón, había tantísimo comecuras en público que era mocho en casa, era mejor para la imagen. Pero yo hubiera querido hacer como mi abuelito don Vicente, que le hicieron una vez esa broma y mandó castrar al chistoso. Usté es pura pirinola, puro pizarrín arrugado, puro pajarito coyón, le dijo el prisionero, y el general Vergara, que lo capen, pero ahoritita. Desde entonces lo llamaron el general Tompiates, cuídate los aguacates, ríete pero no me mates, y otros estribillos que corrieron durante la gran campaña de Pancho Villa contra los federales, cuando Vicente Vergara, entonces muy jovencito pero ya fogueado, militaba con el Centauro del Norte, antes de pasarse a las filas de Obregón cuando la vio perdida en Celaya.

—Ya sé lo que cuentan. Tú sácale el mole al que te diga que tu abuelo cambió de chaqueta.

—Pero si nadie me ha dicho nada.

—Óyeme, chamaco, una cosa era Villa cuando salió de la nada, de las montañas de Durango, y él solito arrastró a todos los descontentos y organizó esa División del Norte que acabó con la dictadura del borracho Huerta y sus federales. Pero cuando se puso contra Carranza y la gente de ley, ya fue otra cosa. Quiso seguir guerreando, a como diera lugar, porque ya no podía detenerse. Después de que Obregón lo derrotó en Celaya, el ejército se le desbandó a Villa y todos sus hombres volvieron a sus milpas y a sus bosques. Entonces Villa fue a buscarlos uno por uno, a convencerlos de que había que seguir en la bola, y ellos decían que no, que mirara el general, ya habían regresado a sus casas, ya estaban otra vez con sus mujeres y sus hijos. Entonces los pobres oían unos disparos, se volteaban y miraban sus casas en llamas y sus familias muertas. "Ya no tienes ni casa, ni mujer, ni hijos —les decía Villa— mejor síguele conmigo."

—Quizás quería mucho a sus hombres, abuelo.

—Que nadie diga que fui un traidor.

—Nadie lo dice. Ya se olvidó todo eso.

Me quedé pensando en lo que acababa de decir. Pancho Villa amó mucho a sus hombres, no podía imaginar que sus soldados no le correspondieran igual. En su recámara, el general Vergara tenía muchas fotos amarillas, algunas meros recortes de periódico. Se le veía acompañando a todos los caudillos de la revolución, pues anduvo con todos y a todos sirvió, por turnos. Como iban cambiando los jefes, iba cambiando el atuendo de Vicente Vergara, asomado entre la multitud que sumergía a don Panchito Madero el famoso día de la entrada a la capital del pequeño y frágil e ingenuo y milagroso apóstol de la revolución, que tumbó al omnipotente don Porfirio con un libro en un país de analfabetos, no me digas que no fue un milagro, ahí estaba el jovencito Chente Vergara, con su sombrerillo de fieltro arrugado, sin listón, y su camisa sin cuello duro, un peladito más, encaramado en la estatua ecuestre del rey Carlos IV, ese día en que hasta la tierra tembló, igual que cuando murió Nuestro Señor Jesucristo, como si la apoteosis de Madero fuese ya su calvario.

—Después del amor a la virgen y el odio a los gringos, nada nos une tanto como un crimen alevoso, así es, y todo el pueblo se levantó contra Victoriano Huerta por haber asesinado a don Panchito Madero.

Y luego el capitán de Dorados Vicente Vergara, el pecho cruzado de cananas y el sombrero de paja y los calzones blancos, comiéndose un taco con Pancho Villa junto a un tren sofocado, y luego el coronel constitucionalista Vergara, muy jovencito y pulcro con su sombrero tejano y su uniforme kaki, muy protegido por la figura patriarcal y distante de don Venustiano Carranza, el primer jefe de la revolución, impenetrable detrás de sus espejuelos ahumados y su barba que le daba hasta la botonadura de la túnica, esa parecía casi foto de familia, un padre justo pero severo y un hijo respetuoso y bien encarrilado, que no era el mismo Vicente Vergara, coronel obregonista, pronunciado en Agua Prieta contra el personalismo de Carranza, liberado de la tutela del padre acribillado a balazos mientras dormía sobre un petate en Tlaxcalantongo.

—¡Qué jóvenes se murieron todos!, Madero no alcanzó a cumplir los 40 y Villa tenía 45, Zapata 39, hasta Carranza que parecía bien vetarro apenas tenía 61, mi general Obregón 48. Dime si no soy un sobreviviente, pura suerte chamaco, si mi destino era morir joven, por puritita chiripa no estoy enterrado por ahí, en un pueblo de zopilotes y cempazúchiles, y tú ni hubieras nacido.

Este coronel Vergara sentado entre el general Álvaro Obregón y el filósofo José Vasconcelos en una comida, este coronel Vergara de bigotes a la káiser, uniforme de parada, oscuro, cuello alto y galones dorados.

—Un fanático católico nos mató a mi general Obregón, chamaco. Ay. Asistí al entierro de todos, todititos los que ves aquí, que todos murieron de muerte violenta, menos al de Zapata, que lo enterraron en secreto para poder decir que sigue vivo, que tampoco era el general Vicente Vergara, ahora vestido de civil, a punto de despedirse de la juventud, muy cuidado, muy esmerado, con su traje de gabardina clara y su perla en la corbata, muy serio, muy solemne, porque sólo así se le daba la mano a ese hombre con rostro de granito y mirada de tigre, el jefe máximo de la revolución, Plutarco Elías Calles.

—Ese era un hombre, chamaco, un humilde profesor de escuela que llegó a presidente. Nadie podía sostenerle la mirada, nadie, ni los que habían pasado por la tremenda prueba de los fusilamientos de a mentiras creyendo que les llegaba la hora y ni siquiera pestañearon, ni esos. Tu niño Plutarco. Tu padrino, chamaco. Míralo, mírate nomás en sus brazos. Míranos, el día que te bautizó, el día de la unidad nacional, cuando mi general Calles regresó del destierro.

—¿Por qué me bautizó? ¿No era un terrible perseguidor de la iglesia?

—¿Qué tiene que ver una cosa con otra? Ni modo que te dejáramos sin nombre.

—No, abuelo, usted también dice que la virgen nos une a los mexicanos, ¿quihubo?

—La guadalupana es una virgen revolucionaria que lo mismo aparece en los estandartes de Hidalgo, en la independencia, que en los de Zapata, en la revolución, una virgen a toda madre, pues.

—Pero oiga, gracias a usted no fui a escuela de curas.

—La iglesia nomás sirve para dos cosas, para bien nacer y para bien morir, ¿está claro? Pero entre la cuna y la tumba, que no se meta en lo que no le importa y que se dedique a bautizar escuincles y a rezar por las almas.

Los tres hombres que vivíamos en la casota del Pedregal sólo nos reuníamos para la merienda, que seguía siendo la que ordenaba el general mi abuelo. Sopa aguada, sopa seca, frijoles refritos, chilindrinas y champurrado. Mi padre, el licenciado don Agustín Vergara, se vengaba de estas cenas rústicas con largas comidas de tres a cinco en Jena o Rívoli, donde podía ordenar filetes Diana y crêpes Suzette. Lo que más le repugnaba de las meriendas era un hábito peculiar del general. Al terminar de comer, el viejillo se sacaba la dentadura postiza y la dejaba caer en un medio vaso de agua caliente. Luego le añadía medio vaso de agua fría. Esperaba un minuto y vaciaba la mitad de ese vaso en otro. Volvía a añadirle una porción de agua caliente al primer vaso, vaciaba la mitad en un tercero y volvía a llenar el primero con el agua tibia del segundo. Enfrentado a las tres mezclas turbias donde nadaban retazos de ropavieja y tortilla, sacaba los dientes del primer vaso, los remojaba en el segundo y el tercero y habiendo obtenido la temperatura deseada, se colocaba los dientes en la boca y los apretaba con las mandíbulas como quien cierra un candado.

—Bien templaditos —decía—, hociquito de león, ah qué caray.

—Es de dar vergüenza —dijo esta noche mi papá el licenciado Agustín, limpiándose los labios con la servilleta y arrojándola luego con desdén sobre el mantel.

Miré con asombro a mi padre. Nunca había dicho nada y el abuelo llevaba años de repetir la ceremonia de la dentadura. El licenciado Agustín debía retener la náusea que le provocaba la paciente alquimia del general. Pero a mí mi abuelito se me hacía muy cotorro.

—Debía darle vergüenza, es un asco —repitió el licenciado.

—Újule —lo miró con sorna el general—, ¿de cuándo acá no puedo hacer mi regalada gana en mi propia casa? Mi casa, dije, y no la tuya, Tin, ni la de tus cuatezones popoff…

—Jamás podré invitarlos aquí, a menos que antes lo esconda a usted en un clóset bajo llave.

—¿Te dan guácara mis dientes pero no mi lana? A ver, cómo está eso.

—Eso está muy mal, muy muy… —dijo mi papá meneando la cabeza con una melancolía que nunca le habíamos visto. No era un hombre grave, sólo un poquitín pomposo, aun en su frivolidad. Su sincera tristeza, sin embargo, se disipó en seguida y miró al abuelo con un helado desafío y una mínima mueca de burla que no alcanzamos a comprender.

Más tarde el abuelo y yo evitamos comentar todo esto en la recámara del general, tan distinta del resto de la casa. Mi papá el licenciado Agustín dejó todos los arreglos en manos de un decorador profesional que nos llenó el caserón de muebles Chippendale, arañas gigantescas y falsos Rubens cobrados como si fuesen de a devis. El general Vergara dijo que le importaba un pito todo eso y se reservó el derecho de amueblar su recámara con los objetos que siempre usaron él y su difunta doña Clotilde, cuando construyeron su primera casa en la colonia Roma, allá por los veinte. La cama era de metal dorado y a pesar de que había un clóset moderno, el general lo condenó instalando un ropero viejo y pesado, de caoba y espejos, que quedó atrancado contra la puerta del clóset. Miró con cariño su viejo armario.

—Cada que lo abro, siento todavía el olor de la ropa de mi Clotilde, tan hacendosa, las sábanas bien planchadas, todo bien almidonado.

Abundan en esta recámara cosas que nadie usa ya, como una cómoda de aseo con tapa de mármol, aguamanil de porcelana y altas jarras llenas de agua. Escupidera de cobre y mecedora de mimbre. El general siempre se ha bañado de noche, y ésta de los misterios de mi papá me pidió que lo acompañara y fuimos los dos juntos al baño, el general con su jícara de patitos y flores pintadas a mano y su jabón Castillo, porque odiaba los jabones perfumados y con nombres impronunciables que ahora se usaban, decía que él no era ni estrella de cine ni maricón. Yo lo ayudé con su bata, su piyama y sus pantuflas forradas. Cuando se metió a la tina de agua tibia, enjabonó un zacatón y comenzó a fregarse vigorosamente. Me dijo que era bueno para la circulación de la sangre. Le dije que prefería una ducha y me contestó que eso era para los caballos. Luego, sin que me lo pidiera, lo enjuagué con la jícara, vaciándole el agua sobre los hombros.

—Me quedé pensando, abuelo, en lo que me dijo de Villa y sus Dorados.

—Yo también en lo que me contestaste, Plutarco. Puede que sí. Qué falta nos hacen a veces los demás. Todos se han ido muriendo. Y no le hace que nazcan nuevas gentes. Cuando se te mueren los amigos con los que viviste y peleaste, te quedas solo, de plano.

—Usted se acuerda de muchas cosas muy padres y a mí me encanta oírlas.

—Eres mi amiguito. Pero no es lo mismo.

—Haga de cuenta que yo anduve con usted en la revolución, abuelo. Haga de cuenta que yo...

Me entró un extraño bochorno y el viejo sentado en la tina, bien enjabonado otra vez, me interrogó con las cejas blancas de espuma. Luego me agarró la mano con la suya mojada y me la apretó mucho, antes de cambiar rápidamente de tema.

—¿Qué se trae tu jefe, Plutarco?

—Quién sabe. Conmigo nunca habla. Usted lo sabe bien, abuelo.

—Nunca ha sido respondón. Hasta me gustó cómo me contestó a la hora de la cena.

El general se rió y pegó un manotazo en el agua. Dijo que mi papá siempre había sido un güevón que se encontró con la mesa puesta, con negocios honrados, cuando el general Cárdenas les hizo el honor a los callistas de barrerlos del gobierno. Contó, mientras se lavaba la cabeza, que hasta entonces él había vivido de su sueldo de oficial. Cárdenas lo obligó a vivir fuera del presupuesto y a ganarse la vida en los negocios. Las viejas haciendas no producían. Los campesinos las habían quemado antes de irse a la bola. Dijo que mientras Cárdenas repartía la tierra, había que producir. Se juntaron los hombres de Agua Prieta para comprar los cachos no afectados de las haciendas, como pequeños propietarios.

—Sembramos caña en Morelos, jitomate en Sinaloa y algodón en Coahuila. El país pudo comer y vestirse mientras Cárdenas echaba a andar sus ejidos, que nunca arrancaron porque lo que quiere cada hombre del campo es su pedacito de tierra propio, a título personal, ¿ves? Yo puse en marcha las cosas, tu papá nomás administró cuando yo me fui haciendo viejo. Que se acuerde de eso cuando se me pone alzado. Pero palabra que me gustó. Le ha de estar saliendo la espina dorsal. ¿Qué se traerá?

Me encogí de hombros, no me han interesado nunca los negocios ni la política, ¿qué riesgo hay en todo eso?, ¿qué riesgo comparable a lo que antes vivió mi abuelo, las cosas que sí me interesaban?

Entre tantísima foto con los caudillos, la de mi abuelita doña Clotilde es algo aparte. Tiene una pared para ella sola y al lado una mesa con un florero lleno de margaritas. Si el abuelo fuese creyente le pondría veladoras, creo. El marco es ovalado y la foto está firmada en 1915 por el fotógrafo Gutiérrez, de León, Gto. Esta señorita antigua que fue mi abuela parece una muñeca. El fotógrafo coloreó la foto con tonos de rosa pálido y sólo los labios y las mejillas de doña Clotilde están incendiados con una mezcla de rubor y sensualidad. ¿Fue realmente así?

—Fue de película, me dice el general. Era huérfana de madre y a su papá lo fusiló Villa porque era agiotista. Por donde pasaba, Villa suprimía las deudas de los pobres. Pero no le bastaba. Mandaba fusilar a los prestamistas, como escarmiento. Yo creo que la única escarmentada fue mi pobre Clotilde. Recogí a una huerfanita que hubiera aceptado al primer hombre que le ofrecía protegerla. La de huérfanas de esa región que acabaron de putas de los soldados o, con suerte, de artistas de variedades, con tal de sobrevivir. Luego aprendió a quererme mucho.

—¿Usted la quiso siempre?

El abuelo asintió, bien arropado en la cama.

—¿Usted no se aprovechó porque la vio desamparada?

Ahora me lanzó una mirada de cólera y apagó violentamente la luz. Me sentí ridículo, sentado en la oscuridad, meciéndome en la silla de mimbre. Sólo se escuchó, un rato, el ruido de la silla. Después me levanté y caminé de puntas, dispuesto a irme sin decirle buenas noches al general. Me detuvo una imagen bien dolorosa y bien sencilla. Vi a mi abuelo muerto. Amanecía muerto, una mañana de estas, ¿por qué no?, y yo nunca pude decirle lo que quería, nunca más. Él se enfriaba rápido y mis palabras también. Corrí a abrazarlo en la oscuridad y le dije:

—Lo quiero mucho, abuelo.

—Está bien, chamaco. Lo mismo digo.

—Oiga, yo no quiero empezar la vida con la mesa puesta, como usted dice.

—Ni modo. Todo está a mi nombre. Tu papá nomás administra. Cuando me muera, todo te lo dejo a ti.

—No lo quiero, abuelo, abuelo, quisiera empezar de nuevo, como empezó usted…

—Ya no son los mismos tiempos, ¿qué ibas a hacer?

Sonreí apenas: —Me hubiera gustado castrar a alguien, como usted…

—¿Todavía cuentan ese cuento? Pues sí, así fue. Sólo que esa decisión no la tomé solo, ¿ves?

—Usted dio la orden, cápenlo pero ahoritita mismo.

El abuelo me acarició la cabeza y dijo que lo que nadie sabe es cómo se toman esas decisiones, que nunca se toman a solas. Recordó una noche de fogatas, en las afueras de Gómez Palacio, antes de la batalla de Torreón. Ese hombre que lo había insultado era un prisionero, pero además era un traidor.

—Había sido de los nuestros. Se pasó a los federales y les contó cuántos éramos, cómo veníamos armados. Mis hombres lo hubieran matado de todos modos. Yo nomás me les adelanté. Era la voluntad de ellos. Se volvió la mía. Me dio la oportunidad con su insulto. Ahora cuentan esa historia muy pintoresca, ah qué cabrón mi general Vergara, el mero general Tompiates, sí señor. No, qué va. No fue así de fácil. Lo hubieran matado de todos modos y con derecho, si era un traidor. Pero también era un prisionero de guerra. Esas son cosas del honor militar como yo lo entiendo, chamaco. Por más despreciable que fuera ese tipo, ahora era prisionero de guerra. Salvé a mis hombres de matarlo. Creo que eso los hubiera deshonrado a ellos. Yo no los podía contener. Creo que eso me hubiera deshonrado a mí. Mi decisión fue la de todos y la de todos fue la mía. Así pasan esas cosas. No hay manera de saber dónde empieza tu voluntad y dónde empieza la de tus hombres.

—Regresé a decirle que me hubiera gustado nacer al mismo tiempo que usted para haberlo acompañado.

—No fue un bonito espectáculo, qué va. Ese hombre desangrándose hasta el amanecer sobre el polvo del desierto. Luego se lo comió el sol y los zopilotes lo velaron. Y nosotros nos fuimos, sabiendo en secreto que lo que habíamos hecho lo habíamos hecho todos. En cambio, si lo hacen ellos y yo no, ni yo soy el jefe ni ellos se hubieran sentido tranquilos para la batalla. No hay nada peor que matar a un pobre tipo solitario al que le estás mirando los ojos antes de matar a muchos tipos sin cara, que ni conoces sus miradas. Así son esas cosas.

—Qué ganas, abuelo…

—No te hagas ilusiones. No volverá a haber una revolución así en México. Eso pasa una sola vez.

—¿Y yo, abuelo?

—Pobrecito mi chamaco, abráceme fuerte, mijito, lo entiendo, palabra que lo entiendo... ¡Qué ganas de volverme joven yo para andar contigo! La que armaríamos, Plutarco, tú y yo juntos, ah qué caray.

Con mi padre el licenciado yo hablaba pocas veces. Ya he dicho que los tres sólo nos reuníamos para la merienda y allí el general llevaba la voz cantante. Mi papá me llamaba de vez en cuando a su despacho, para preguntarme cómo iba en la escuela, qué tal mis calificaciones, qué carrera iba a seguir. Si le hubiera dicho que no sabía, que me la pasaba leyendo novelas, que me gustaba irme a mundos lejanos, la Siberia de Miguel Strogoff, la Francia de d'Artagnan, que me interesaba muchísimo más saber lo que nunca podría ser que lo que quisiera ser, mi papá no me hubiera regañado, ni siquiera con desilusión. Simplemente, no me habría comprendido. Conocía bien su mirada perpleja cuando se decía algo que escapaba por completo a su inteligencia. Eso me dolía a mí mucho más que a él.

—Entraré a derecho, papá.

—Muy bien, muy acertado. Pero luego especialízate en administración de negocios. ¿Te ilusionaría ir al Harvard Business School? Es difícil el ingreso, pero puedo mover palancas.

Yo me hacía el disimulado y me quedaba mirando los tomos, idénticamente empastados de rojo, de la biblioteca. No había nada interesante, salvo la colección completa del Diario Oficial, que siempre empieza con los permisos para usar condecoraciones extranjeras. La Orden de las Estrellas Celestes de China, la del Libertador Simón Bolívar, la Legión de Honor francesa. Sólo en ausencia de mi padre me atrevo a entrar, como espía, a su recámara alfombrada y forrada de madera. Allí no hay ningún recuerdo, ni siquiera una foto de mi madre. Ella murió cuando yo tenía cinco años, no la recuerdo. Una vez al año, el 10 de mayo, vamos los tres al Panteón Francés, donde están enterradas juntas mi abuelita Clotilde y mi mamá, Evangelina se llamaba. Tenía 13 años cuando un compañero de la secundaria "Revolución" me mostró una foto de una muchacha en traje de baño, y es la primera vez que sentí una excitación. Igual que doña Clotilde en su foto, sentía gusto y vergüenza al mismo tiempo. Me puse colorado y mi compañero, con grandes risotadas, me dijo te la regalo, es tu mamacita. Una banda de seda le cuelga del hombro a la muchacha de la foto, le cruza los pechos y se le ajusta a la cadera. La leyenda dice "Reina del Carnaval de Mazatlán".

—Mi papá dice que era un cuero tu jefa, me dijo carcajeándose mi compañero de escuela.

—¿Cómo era mi mamá, abuelo?

—Guapa, Plutarco. Demasiado guapa.

—¿Por qué no hay ninguna foto de ella en la casa?

—Por puritito dolor.

—No quiero quedarme fuera del dolor, abuelo.

El general me miró muy raro cuando le dije esto; cómo no iba a recordar su mirada y mis palabras esa noche famosa, cuando me despertaron las voces levantadas, en esta casa donde no se oía un ruido después de que mi padre salía acabando de cenar, manejando su Lincoln Continental y, regresaba muy temprano, como a las seis, a bañarse y rasurarse y a desayunar en piyama, como si hubiera pasado la noche en casa, ¿a quién engañaba?, si a cada rato lo veía fotografiado en las páginas sociales acompañado siempre de una viuda riquísima, cincuentona como él, pero la podía mostrar, yo no pasaba de irme de putas los sábados, solo, sin cuates. Quería ligarme a una señora de a deveras, madura, como la amante de mi papá, no a las niñas bien que conocía en fiestas de otros riquillos como nosotros. ¿Dónde estaba mi Clotilde para rescatarla, protegerla, enseñarla a quererme, cómo era Evangelina, la soñaba, con su traje de baño blanco, de satín, marca Jantzen?

Soñaba con mi madre cuando me despertaron las voces que rompían los horarios de la casa, me senté en la cama, me puse instintivamente los calcetines para bajar sin hacer ruido, claro, en mi sueño había escuchado al abuelo chancletear, no había sido sueño sino verdad, no, yo era el único en esta casa que sabía que el sueño es la verdad, eso me iba diciendo mientras caminaba en silencio hacia la sala, de allí venían las voces, la revolución no era verdad, era un sueño de mi abuelito, mi mamá no era verdad, era un sueño mío, y por eso eran ciertas, sólo mi papá no soñaba, por eso era de a mentiras.

Mentiras, mentiras, eso gritaba el abuelo cuando me detuve sin entrar a la sala, me quedé escondido detrás de la reproducción tamaño natural de la Victoria de Samotracia que el decorador había mandado poner allí, como una diosa guardiana de nuestro hogar, de la sala a la que nadie entraba nunca, era de exposición, ni una pisada, ni una colilla de cigarro, ni una mancha de café y ahora el escenario de este pleito a la medianoche entre mi abuelo y mi padre, gritándose, mi abuelo el general con la voz que le imaginaba al ordenarle a un soldado, cápenlo, pero ahoritita mismo, quémenlo, fusílenlo, primero lo matamos y luego averiguamos, el mero general Tompiates, mi padre el licenciado con una voz que jamás le había escuchado.

Me imaginé que el abuelo, a pesar de su coraje, estaba gozando que al final el hijo le saliera respondón, lo estaba maltratando como a un cabo borracho, si hubiera tenido un fuete a la mano le deja la cara como crucigrama a mi papá, de hijo de la chingada no lo bajaba, y mi papá de viejo pendejo al general, y el abuelo que pendejo no había más que uno en esta familia, le había entregado una fortuna sólida, honrada, nomás para que la administrara, con los mejores abogados y cepetés, no tenía que hacer nada más que firmar y cobrar rentas y meter tantito al banco y otro tantito reinvertirlo, ¿cómo que no quedaba nada?, dése de santos, viejo pendejo, dése de santos, por lo menos no voy a la cárcel, yo no firmé nada, muy abusado, dejé que los abogados y los contadores firmaran todo por mí, al menos puedo decir que todo se hizo a mis espaldas pero que yo respondo de las deudas, yo también fui víctima del fraude, igual que los accionistas, hijo de la chingada, yo te entregué una fortuna sólida, sana, la riqueza de la tierra es la única riqueza segura, el dinero es puro papel si no se basa en la tierra, mequetrefe, puro bilimbique, quién te manda levantar un imperio de pura saliva, financieras fantasmas, venta de acciones balín, 100 millones de pesos sin nada que los respalde, andar creyendo que mientras más deudas se tiene más seguro el asunto y más intocable, pendejo, no se apure, general, le digo que el proceso se seguirá contra los abogados y contadores, a mí me engañaron también, eso mantendré, mantendrás madre, tienes que responder con la tierra, con las propiedades de Sinaloa, los cultivos de jitomate, jitomate, jitomate, cómo se ríe mi padre, nunca le he oído reírse así, ah qué bruto será usted, mi general, jitomates, ¿se le ocurre que con jitomates construimos esta casa y compramos los coches y nos damos la gran vida?, ¿cree usted que soy placera de la Merced?, ¿qué cree usted que se da mejor en Sinaloa, el jitomate o la amapola?, qué más da, campos rojos, desde el aire ni quien diga que no son jitomates, ¿ahora por qué se queda callado?, ¿quiere saberlo todo?, si respondo a las deudas con los campos, eso tiene que salir al aire, entonces quema pronto los cultivos, cabrón, arrasa y di que te cayó el chahuistle, ¿qué esperas?, ¿y usted se anda creyendo que me van a dejar hacer eso?, cómo será usted un viejo tarugo, los gringos que me compran el producto y lo comercializan, pues, mis socios de California, donde se vende la heroína, ¿qué cree usted?, se van a cruzar de brazos, cómo no, ahora dígame de dónde saco 100 millones de pesos para reembolsar a los accionistas, dígame nomás entre la casa y los coches apenas arañamos los 10 millones y en la cuenta de Suiza habrá otro tanto, pobre diablo, ni a la droga le sacaste jugo, te babosearon los yanquis.

Luego el general se quedó callado y el licenciado hizo un ruido de desesperación con la garganta.

—Cuando te casaste con una puta, sólo te deshonraste a ti mismo, dijo finalmente el abuelo. Pero ahora me has deshonrado a mí.

Eso no quería oírlo, que no siguieran, rogué, amparado por las alas de la Victoria, eso era ridículo, una escena de mala película mexicana, de telenovela de la caja idiota, yo escondido detrás de una cortina oyendo a los mayores decirse las verdades, escena de Libertad Lamarque y Arturo de Córdova, clásica, el abuelo salió con paso militar de la sala, yo me adelanté, lo agarré del brazo, mi padre nos miró estupefacto, le dije al abuelo:

—¿Trae usted lana?

El general Vergara me miró derecho y se acarició el cinturón. Era su viborilla llena de centenarios de oro.

—Hecho. Véngase conmigo.

Nos fuimos, yo abrazando al viejo, mientras mi padre nos gritaba desde la sala:

—¡A nadie le voy a dar el gusto de verme vencido!

El general le dio un empujón al gigantesco florero de vidrio cortado del vestíbulo, que cayó y se hizo pedazos. Dejamos detrás de nosotros un reguero de alcatraces de plástico y arrancamos en el Thunderbird rojo, yo con mi piyama y mis calcetines, el general muy compuesto con su traje de gabardina clara, su corbata marrón con una perla de alfiler clavada debajo del nudo, y acariciando continuamente el cinturón lleno de oro: ahora sí daba gusto, arrancarse a lo largo del periférico a la una de la mañana, sin tránsito, sin paisaje, vía libre a la eternidad, eso le dije al abuelo, agárrese fuerte, mi general, que voy a hundir el fierro hasta 120, cuacos más broncos he montado, rió mi abuelo, vamos a ver a quién le cuenta usted sus recuerdos, vamos a encontrar gente que lo oiga, vamos a botarnos los centenarios, vamos a empezar de vuelta, abuelito, chamaco, seguro, desde cero, otra vez.

En la plaza Garibaldi, a la una y cuarto de la mañana, lo primero es lo primero, chamaco, unos mariachis que la sigan con nosotros toda la noche, ni preguntes cuánto, nomás si saben tocar "La Valentina" y "Camino de Guanajuato", a ver muchachos, qué tal templan el guitarrón, el abuelo lanzó un aullido de coyote, *Valentina, Valentina, yo te quisiera decir*, éntrenle con nosotros al Tenampa, vamos a empinarnos unos tequilas, con eso me desayuno yo, muchachos, a ver quién aguanta más, así me templé para el encuentro de Celaya, cuando le echamos los villistas la caballería encima a Obregón, *una pasión me domina, y es la que siento por ti*, y frente a nosotros sólo veíamos el llano inmenso y al fondo las artillerías y los jinetes inmóviles del enemigo y aquí las bandejas abolladas llenas de cervezas y nos lanzamos a todo galope, seguros de la victoria, con unos bríos de tigres salvajes, y entonces los mariachis nos miran con sus ojos de piedra, como si mi abuelito y yo no existiéramos y entonces de las loberas invisibles en el llano salieron de golpe mil bayonetas, muchachos, en esos hoyos estaban escondidos los yaquis fieles a Obregón, cuidado, no derramen las frías así de raro nos miraban, un viejito hablantín y un chamaco en piyama, ¿qué se traen?, nomás nos iban clavando las bayonetas en las panzas de nuestros caballos, manteniéndolas firmes hasta rajarles las tripas, esos yaquis con arracadas en las orejas y las cabezas cubiertas de pañoletas rojas bañadas de sangre y tripa y cojón de caballo, otra vuelta, seguro, la noche es joven, nos espantamos, cómo no nos íbamos a espantar, quién iba a imaginarse esa táctica tan tremenda de mi general Obregón, allí comencé a respetarlo, palabra que sí, ¿a qué hora cantamos?, ¿no nos contrató para cantarle, señor?, nos miraban diciendo estos no traen ni morralla, retrocedimos, atacamos con cañones, pero ya estábamos vencidos por la sorpresa, Celaya era un campo de humo y sangre y cabaliza agonizante, humo de cigarrillos Delicados, un mariachi aburrido le untó sal y le exprimió un limón a mi abuelo en el puño cerrado, le volamos un brazo al general Obregón, así de dura estuvo la cosa, allí me dije, contra éste no se puede, se encogió de hombros y le untó la sal a la boca de la trompeta y comenzó a juguetear con ella, a sacarle tristezas, Villa es pura fuerza desatada, sin rumbo, Obregón es fuerza inteligente, es el más chingón, ya estaba dispuesto a meterme en ese campo de batalla como quien se mete a un rastro, a buscar el brazo que le volamos a Obregón, para devolvérselo diciéndole mi general, usted es el mero chingón, aquí tiene su bracito y dispense, ah qué caray, aunque ustedes ya saben lo que pasó, ¿no?, ¿nadie sabe?, ¿no les importa saber?, pues que el propio general Obregón lanzó un centenario de oro al aire, así, y el brazo mutilado se levantó volando de la tierra, el puño sangriento pescó al aire la moneda, así, ah que caray, te gané, mariachazo, ¿ahora sí te interesó mi historia?, te gané, igual nos ganó Obregón y así recuperó su brazo en Celaya, *si me han de matar mañana, que me maten de una vez*, quiero que me quieran, muchachos, nomás, quiero que me sean fieles, aunque sea esta noche, nomás.

A las dos de la mañana, en el Club de los Aztecas pintado de plata, la sensacional Ricky Rola reina del chachachá, cubas libres para todos, aquí los muchachos son mis cuates, cómo que no pueden sentarse, usted es un pinche gato sangre de limón, mírese nomás qué verdes ojeras se trae, pinche barrendero de tapancos, cállese el hocico o lo dejo bien exprimido, cómo que mi nieto en piyama no, si es su único trajecito, si nomás vive de noche, si se la pasa durmiendo con tu mamacita toditito el día, está bien cansadito, cómo que van a protestar los músicos, también mis mariachis son de la CTM, siéntense muchachos, se los ordena el general Vergara, ¿qué dices, pinche asistente?, que a sus órdenes mi general, aprende, cara de limón, vete a mear vinagre, luces amarillas, color de rosa, azules, la inmarcesible Azucena reina del bolero sentimental, se metió con calzador el traje de lentejuelas, mire mi general, se levantó las chichis con grúa después de jugar futbol con ellas, ésta es de las que se meten goles solas, ha de tener el ombligo del tamaño de la plaza de toros, le dieron ocho manitas de pintura antes de salir, mi general, mire nomás esas pestañas que parecen persianas negras, te vendes, ¿no me digas?, ¿cuánto cuestan tus ojitos de luto, gorda?, hipócrita, ¿a quién le canta esas canciones de padrotes, muchachos?, a ver, al asalto, mis tigrillos, *sencillamente hipócrita, te burlaste de mí*, una canción de machos, súbanse allí al templete, nalgada a la inmarcesible Azucena, a pelar chayotes, gorda, ah qué chillido, respeto para los artistas, a bañarse, sudorosa, despíntese la cara de payaso, no grite, si es por su bien, al asalto mi tropa, cante mi general, y nuestro México febrero 16, nos manda Wilson 10 mil americanos, venga la guitarra que suena a llanto, venga la trompeta que sabe a sal, tanques cañones y hartos aeroplanos, buscando a Villa, queriéndolo matar, bájese pinche viejito, al rastro mariachones balines, y ese puto de piyama, pabajo, aquí nomás tocan los músicos sindicalizados, puros jotos envaselinados con corbatita de moño y esmokin brillante de tanta planchada, planchados te voy a dejar los güevos, vejestorio, órale mis muchachos, ya me bravearon y eso no, por la santísima virgen que no, cápalos, abuelito, pero ahoritita mismo, una patada al tambor, guitarrón contra las baterías, sáquenle las tripas al piano como a los caballos de Celaya, cuídese abuelito del tipo del saxofón, descontón a la panza, clávele la cabeza en el tambor a ese pelado, Plutarco, duro, mis tigrillos, quiero ver la sangre de estos chamizcleros en la pista de baile, ese de la batería usa peluquín, Plutarco, arráncaselo, ora sí, cabecita de huevo, que te pasen por agua antes de que yo te pase por mis cojones, patada al culo, Plutarco, y a correr todos que el Limonadas ya llamó a los azules, róbense el arpa, muchachos, no quedó una tecla en su lugar, tome, mi general, las pestañas de la cantante y ahí les dejo este reguero de centenarios para pagar los desperfectos.

Pasaditas las tres, en casa de la Bandida, donde yo era bien conocido y la mera dueña nos dio la bienvenida, qué chulo piyama Plutarco y se sintió muy honrada de que el famoso general Tompiates y qué idea tan a todo dar traerse a los mariachis y que nos toquen el "Siete Leguas", ella misma, la señora, lo iba a cantar, porque era composición suya, *Siete Leguas el caballo que Villa más estimaba*, escancien los rones, pásenle muchachas, todas recién llegaditas de Guadalajara, todas muy jovencitas, será usted cuando mucho el segundo que las toca en su vida mi general y si prefiere le traigo a una virgencita como quien dice, qué buena idea tuviste, Plutarco, así, así, en las rodillitas de mi general, Judith, no te hagas la remolona, ay, es que está deatiro pa los liones, doña Chela, ni mi abuelito está tan carcas, oye tú pinche enana, es mi abuelito y me lo respetas, no me hace falta que me defiendas, Plutarco, ahora va a ver esta mariposilla nocturna que Vicente Vergara no está para los leones sino que yo soy el mero león, véngase, Judicita, a ver dónde dejó su petate, va a ver lo que es un macho, lo que quiero es ver el color de los centavos, ahí te va, péscalo, me lleva, un centenario de oro, doña Chela, óigame, el viejito viene forrado, *cuando oía pitar los trenes, se paraba y relinchaba*, escojan, muchachos, les dijo mi abuelito a los mariachis, recuerden que son mi tropa de tigrillos, ni regateen.

Me quedé esperando en la sala, oyendo discos. Entre mi abuelo y los mariachis acapararon a todas las muchachas. Me bebí una cuba y conté los minutos. Cuando pasaron más de 30, comencé a preocuparme. Subí por la escalera al segundo piso y pregunté dónde trabajaba Judith. La toallera me llevó hasta la puerta. Toqué y Judith abrió, chiquitita sin sus tacones, encuerada. El general estaba sentado al filo de la cama, sin pantalones, con los calcetines detenidos por unas viejas ligas rojas. Me miró con los ojos llenos de esa agua que a veces se le salía sin querer de su cabeza de biznaga vieja. Me miró con tristeza.

—No pude, Plutarco, no puede.

Agarré de la nuca a Judith, le torcí el brazo detrás de la espalda, la puta me llegaba al hombro, chillaba, no fue mi culpa, le hice su show, todo lo que me pidió, hice mi trabajo, le cumplí, no lo robé, pero que ya no me mire así, si quiere le devuelvo el centenario, pero que ya no me mire triste, por favor, no me hagas daño, suéltame.

Le torcí todavía más el brazo, le jalé todavía más el pelo ensortijado, veía en el espejo su cara de gatita salvaje, chillando, con los ojos muy cerrados, los pómulos altos y la boca pintada con polvo plateado, los dientes chiquititos pero filosos, sudorosa la espalda.

—¿Así era mi mamá, abuelo? ¿Una huila así? ¿Eso quiso usted decir?

Solté a Judith. Salió corriendo, tapándose con una toalla. Fui a sentarme junto al abuelo. No me contestó. Lo ayudé a vestirse. Murmuró:

—Ojalá, Plutarco, ojalá.

—¿Corneó a mi papá?

—Como venadito lo dejó.

—¿Y qué?

—No le hacía falta, como a ésta.

—Entonces lo hacía por placer. ¿Qué tiene de malo?

—Fue una ingratitud.

—Seguro que mi papá no le cumplió.

—Se hubiera metido al cine, no a mi hogar.

—¿De manera que le hicimos el gran favor? Mejor se lo hubiera hecho mi papá en la cama.

—Yo nomás sé que deshonró a tu papá.

—Por necesidad, abuelo.

—Cuando recuerdo a mi Clotilde.

—Le digo que lo hizo por necesidad, igual que esta puta.

—Yo tampoco le cumplí, chamaco. Ha de ser la falta de práctica.

—Déjeme enseñarle, déjeme refrescarle la memoria.

Ahora que ya rebasé la treintena, recuerdo esa noche de mis 19 años como entonces la sentí, la noche de mi liberación. Eso sentí mientras me cogía a Judith con los mariachis en la recámara, bien zumbos, dale y dale al corrido del caballo de Pancho Villa, *en la estación de Irapuato, cantaban los horizontes*, mi abuelo sentado en una silla, triste y silencioso, como si mirara la vida renacer y ya no fuese la suya ni pudiese serlo nunca más, la Judith colorada de vergüenza, nunca lo había hecho así, con música y todo, helada, avergonzada, fingiendo emociones que yo le sabía falsas porque su cuerpo era el de la noche muerta y sólo yo vencía, la victoria era sólo para mí y nadie más, por eso no me supo a nada, no era como esos actos de todos de los que hablaba el general, quizás por eso la tristeza de mi abuelo era tan grande y tan grande fue, para siempre, la melancolía de la libertad que entonces creí ganarme.

Llegamos como a las seis de la mañana al Panteón Francés. El abuelo le entregó otro de los centenarios que traía en su viborilla cuajada al guardián tullido de frío y nos dejó entrar. Quería llevarle serenata a doña Clotilde en su tumba y los mariachis cantaron "Camino de Guanajuato" con el arpa que se robaron del cabaret, *no vale nada la vida, la vida no vale nada*. El general los acompañó, era su canción preferida, le traía tantos recuerdos de su juventud, *camino de Guanajuato, que pasas por tanto pueblo*.

Les pagamos a los mariachis, quedamos en vernos todos pronto, cuates hasta la muerte, y regresamos a la casa. Aunque había poco tránsito a esa hora, yo no tenía ganas de correr. Íbamos los dos, el abuelo y yo, de regreso a nuestra casa en ese cementerio involuntario que se levanta al sur de la Ciudad de México: el Pedregal. Mudo testigo de cataclismos que nadie documentó, el negro terreno vigilado por los volcanes extintos es una Pompeya invisible. Hace miles de años, la lava inundó la noche de burbujas ardientes; nadie sabe quién murió aquí, quién huyó de aquí. Algunos, como yo, piensan que nunca debió tocarse ese perfecto silencio que era como un calendario de la creación. Muchas veces, de niño, cuando todavía vivíamos en la colonia Roma y vivía mi mamá, pasé por allí para visitar la pirámide de Copilco, piedra corona de la piedra. Recuerdo que todos, espontáneamente, guardábamos silencio al mirar ese paisaje muerto, dueño de un crepúsculo propio que jamás disiparían las mañanas (entonces) luminosas de nuestro valle, ¿se acuerda, abuelo? Es lo primero que yo recuerdo. Íbamos de día de campo, porque entonces el campo estaba muy cerca de la ciudad. Yo viajaba siempre sentado en las rodillas de la criada, ¿era mi nana?, Manuelita se llamaba.

Ahora que regresaba a la casa del Pedregal con mi abuelito humillado y borracho, recordé cómo se construyeron los edificios de la Ciudad Universitaria y la roca volcánica fue maquillada, el Pedregal se puso anteojos de vidrio verde, toga de cemento, se pintó los labios de acrilita, se incrustó de mosaicos las mejillas y venció la negrura de la tierra con una sombra de humo aún más negra. El silencio se rompió. Del otro lado del vasto estacionamiento de automóviles de la universidad, se parcelaron los Jardines del Pedregal. Se definió un estilo que unificara la construcción y el paisaje del nuevo barrio residencial. Muros altos, blancos, azul añil, bermejón, amarillo. Vivos colores mexicanos de la fiesta, abuelo, y tradición española de la fortaleza, ¿me oye usted? La roca fue sembrada de plantas dramáticas, desnudas, sin más adorno que algunas flores agresivas. Puertas cerradas como cinturones de castidad, abuelo, y flores abiertas como heridas genitales, como el coño de la puta Judith, que usted ya no se pudo coger y yo sí y para qué, abuelito.

Ya vamos llegando juntos a los Jardines del Pedregal, a las mansiones que debieron ser todas iguales, detrás de los muros, Japón pasado por Bauhaus, modernas, de un solo piso, techos bajos, ventanales amplios, piscinas, jardines de roca. ¿Se acuerda, abuelo? La totalidad del fraccionamiento fue circundada por murallas y el acceso limitado a cierto número de rejas anaranjadas custodiadas por guardias. Qué lastimoso intento de castidad urbana en una capital como la nuestra, despierte, abuelito, mírela de noche, México, ciudad voluntariamente cancerosa, hambrienta de extensión anárquica, pintaviolines de toda intención de estilo, ciudad que confunde la democracia con la posesión, pero también el igualitarismo con la vulgaridad: mírela ahora, abuelo, como la vimos esa noche que nos fuimos de mariachis y de putas, mírela ahora que usted ya se murió y yo pasé la treintena, presionada por sus anchísimos cinturones de miseria, legiones de desempleados, inmigrantes del campo y millones de niños concebidos, abuelo, entre un aullido y un suspiro: nuestra ciudad, abuelo, otorgará escasa vida a los oasis de exclusividad. Mantener el de los Jardines del Pedregal era como cuidarse las uñas mientras el cuerpo se gangrenaba. Cayeron las rejas, se fueron los guardias, el capricho de la construcción rompió para siempre la cuarentena de nuestro elegante leprosario y mi abuelo tenía la cara gris como los muros de concreto del periférico. Se quedó dormido y cuando llegamos a la casa tuve que bajarlo cargado, como a un niño. Qué ligero, enjuto, piel pegada al esqueleto, qué extraña mueca de olvido en su cara tan cargada de memorias. Lo recosté en su cama y mi papá me esperaba en el umbral.

Mi padre el licenciado me hizo un gesto para que lo siguiera por los vestíbulos de mármol hasta la biblioteca. Abrió el gabinete lleno de cristalería, espejos y botellas. Me ofreció un coñac y le dije que no con la cabeza. Rogué que no me preguntara dónde habíamos andado, qué habíamos hecho, porque habría tenido que contestarle con una de esas cosas que él no entendía y eso, ya lo dije, me dolía a mí más que a él. Le rechacé el coñac como le hubiera rechazado sus preguntas. Era la noche de mi libertad y no la iba a perder aceptando que mi padre podía interrogarme. Yo tenía la mesa puesta, ¿no?, para qué andaba tratando de averiguar, nuevamente, para mí nada más, qué cosa era amor, ser valiente, ser libre.

—¿Qué me reprochas, Plutarco?

—Que me hayas dejado fuera de todo, hasta del dolor.

Me dio lástima mi papá cuando le dije esto. Se paró y se fue caminando hasta el ventanal que daba sobre el patio interior rodeado de cristales y con una fuente de mármol en el centro. Apartó las cortinas con un gesto melodramático en el momento mismo en que Nicomedes puso a correr el agua, como si lo hubiera ensayado. Me dio pena: eran gestos que había aprendido en el cine. Todo lo que hacía era aprendido en el cine. Todo lo que hacía era aprendido y pomposo. Lo comparé con el relajo espontáneo que sabía armar mi abuelito. Llevaba años de codearse con millonarios gringos y marqueses con títulos inventados. Su propia cédula de nobleza era salir fotografiado en las páginas de fiestas de los periódicos bigote a la inglesa peinado para arriba, pelo entrecano, traje discreto, gris, pañuelo llamativo brotándole del pecho, como a las flores de las plantas secas del Pedregal. Como para muchos mexicanos ricachones de su generación, el modelo era el duque de Windsor, la corbata de nudo grueso, pero nunca encontraron a su señora Simpson. Pobres: codeándose con un tejano vulgar que vino a comprarse un hotel en Acapulco o con un vendedor de sardinas español que le compró la aristocracia a Franco, cosas de esas. Era un hombre muy ocupado.

Se apartó de la cortina y me dijo que de seguro no me iban a impresionar sus argumentos, mi madre nunca se ocupó de mí, la encandiló la vida social, era la época en que llegaron los emigrados europeos, el rey Carol y madame Lupescu con valets y pequineses, era la primera vez que la Ciudad de México se sentía una capital cosmopolita, excitante, no un poblacho de indios y cuartelazos. Cómo no iba a deslumbrarse Evangelina, una provincianita bella que tenía un diente de oro cuando él la conoció, una de esas hembras de la costa de Sinaloa que se hacen mujeres pronto, y altas, y blancas, y con ojos de seda y largas cabelleras negras, que traen metidos el día y la noche en el cuerpo al mismo tiempo, Plutarco, brillándoles juntos en sus cuerpos, todas las promesas, todas, Plutarco.

Fue al carnaval de Mazatlán con unos amigos, abogados jóvenes como él y ella era la reina. La paseaban por el malecón de las Olas Altas en coche abierto adornado de gladiolas, todos la cortejaban, las orquestas tocaban "Amor chiquito acabado de nacer", lo prefirió a él, ella lo escogió, la felicidad con él, la vida con él, él no la forzó, no le ofreció más que los otros, como el general a la abuelita Clotilde que no tuvo más remedio que aceptar la protección de un hombre poderoso y valiente. Evangelina no. Evangelina lo besó por primera vez una noche, en la playa, y le dijo tú me gustas, tú eres el más tierno, tus manos son bonitas. Yo era el más tierno, lo era, Plutarco, de veras, quería querer. El mar era tan joven como ella, los dos acababan de nacer juntos, Evangelina tu madre y el mar, sin deudas con nadie, sin obligaciones como tu abuelita Clotilde. No tuve que forzarla, no tuve que enseñarle a quererme, como tu abuelo. Eso lo sabía el general en su corazón, y le dolía, Plutarco, su veneración por mi mamá Clotilde, él era como el dicho, nunca perdía y si perdía arrebataba, mi mamá era parte de su botín de guerra, por más que quisiera disfrazarlo, ella no lo quería pero llegó a quererlo, en cambio Evangelina me escogió a mí, yo quería querer, el abuelo quiere que lo quieran, por eso decidió que Evangelina debía dejar de quererme, al revés de lo que le pasó a él, ¿ves?, el día entero la comparaba con su santa Clotilde, todo era mi difunta Clotilde no lo hubiera hecho así, en tiempos de mi Clotilde, mi Clotilde que en paz descanse, ella sí sabía llevar una casa, ella sí era modesta, ella nunca me levantó la voz, mi Clotilde era modosa, nunca se retrató enseñando las piernas y lo mismo, más cuando naciste tú, Plutarco, mi

Clotilde sí era una madrecita mexicana, ella sí sabía criar a un niño.

—¿Por qué no le das los pechos a Plutarco? ¿Tienes miedo de que se te estropeen? ¿Pues para qué los quieres? ¿Para enseñárselos a los hombres? Se acabó el carnaval, señorita, ahora a ser señora decente.

Si mi padre logró hacerme odiar el recuerdo de mi mamá Clotilde, cómo no iba a exasperar a Evangelina, cómo no iba a aislarse primero tu mamá y luego alejarse de la casa, ir al dentista, buscar las fiestas, buscar a otro hombre, si era tan elemental mi Evangelina, deja a tu padre, Agustín, vamos a vivir solos, vamos a querernos como al principio y el general que no se te trepe la vieja al cuello, déjala salirse una sola vez con la suya y te dominará siempre, pero en el fondo estaba deseando que ella me dejara de querer para que yo tuviera que obligarla a quererme, igual que él, para que yo no tuviera la ventaja que él no tuvo. Para que nadie tuviera la libertad que a él le faltó. Si a él le costaron las cosas, que también nos costaran a mí y luego a ti, así lo ve él todo, a su manera, nos puso la mesa, como él dice, no va a haber otra revolución para ganarse de un golpe el amor y el coraje, ya no, ahora hay que probarse en otros terrenos, ¿por qué iba a costarle todo a él y a nosotros nada?, él es nuestro eterno don Porfirio, ¿no ves?, a ver si nos atrevemos a demostrarle que no nos hace falta, que podemos vivir sin sus recuerdos, sus herencias, sus tiranías sentimentales. Le gusta que lo quieran, el general Vicente Vergara es nuestro mero padre, estamos obligados a quererlo y a emularlo, a ver si podemos hacer lo que él hizo, ahora que es más difícil.

Tú y yo, Plutarco, qué batallas vamos a ganar, qué mujeres vamos a domar, qué soldados vamos a castrar, veme diciendo. Ese es el horrible desafío de tu abuelito, date cuenta ya pronto o te va a doblar como me dobló a mí, eso nos dice a carcajadas, a ver si son capaces de hacer lo que yo hice, ahora que ya no se puede, a ver si saben heredar, además de mi dinero, algo más difícil.

—Mi violencia impune.

Evangelina era tan inocente, tan íntimamente indefensa, eso me irritaba más que nada, que no podía culparla y si ni podía culparla tampoco podía perdonarla. Eso sí es algo que nunca vivió el abuelo. Sólo con un sentimiento así podía ganarle para siempre, dentro de mí, aunque me siguiera manteniendo y burlándose: yo había hecho algo más o algo diferente. Aún no lo sé. Tampoco lo supo tu mamá, que se ha de haber sentido culpable de todo menos de lo único que yo la culpaba.

—Su irritante inocencia.

Mi padre había bebido toda la noche. Más que el abuelo y yo. Fue hasta el high–fidelity y lo prendió. Avelina Landín cantó *cuando los hilos de plata se asomen en tu juventud*, mi padre se dejó caer en un sillón, como Fernando Soler en *La mujer sin alma*. Ya no me importó si esto también lo había aprendido.

—El parte médico dijo que tu mamá había muerto atragantada con un pedazo de carne. Así de sencillo. Esas cosas se arreglan fáciles. Le amarramos tu abuelo y yo una mascada muy bonita al cuello, para el velorio.

Bebió de un golpe el resto del coñac, depositó la copa en un anaquel y se quedó mirando largo rato las palmas abiertas de sus manos mientras Avelina cantaba *como la luna de plata se retrata en un lago azul*.

Claro que se arreglaron los negocios. Los amigos de mi papá en Los Ángeles cubrieron la deuda de 100 millones para que los campos de Sinaloa no fuesen tocados. El abuelo estuvo encamado un mes después del parrandón que nos echamos juntos, pero ya estaba muy repuesto para el 10 de mayo, día de las madres, cuando los tres hombres de la casota del Pedregal fuimos juntos, como todos los años, al Panteón Francés a depositar flores en la cripta donde están enterradas mi abuelita Clotilde y mi mamá Evangelina.

Esa cripta de mármol se parece, en miniatura, a nuestra mansión, Aquí duermen las dos, dijo el general con la voz quebrada y la cabeza baja, sollozando, con la cara escondida en un pañuelo. Yo estoy entre mi papá y mi abuelo, agarrado de sus manos. La mano del abuelo es fría, sin sudor, con esa piel de lagartija. En cambio, la de mi papá arde como lumbre. Sollozó de nuevo el abuelo y descubrió su rostro. De haberlo mirado bien, seguro me habría preguntado por quién lloraba tanto y por quién lloraba más, si por su esposa o por su nuera. Pero en ese momento, yo sólo trataba de adivinar mi porvenir. Esta vez fuimos al cementerio sin mariachis. Me hubiera gustado un poco de música.

2

Éstos fueron los palacios

a Luise Rainer que supo ver

Nadie le creyó cuando comenzó a decir que los perros se iban acercando, vieja chiflada, vieja loca que habla sola toditito el día, malas pesadillas ha de tener, con lo que le hizo a la hija, ¿cómo no ha de pasar malas noches? Además, a los viejos se les va secando el cerebro hasta que se les vuelve una nuez arrugada, sonando como una canica dentro de la cabeza hueca. Pero doña Manuelita tiene tantas virtudes, no sólo riega sus macetas sino las de todos sus vecinos del segundo piso, todas las mañanas la pueden ver con su verde bote de gasolina, rociando con los dedos amarillos los macetones de geranios colocados en el barandal de fierro, todas las tardes poniéndoles sus fundas a las jaulas para que los canarios duerman tranquilos.

Y otros opinan, doña Manuelita, ¿no es la persona más tranquila del mundo?, ¿por qué la difaman? Solitaria y vieja, sólo hace cosas ordinarias, nada de llamar la atención. Las macetas en la mañana, las jaulas en la tarde. Como a eso de las nueve, sale a hacer su mandado a La Merced y de regreso se detiene en el Zócalo, entra a la catedral y reza un rato. Luego vuelve a la vecindad y se hace su comida. Frijoles refritos, tortillas recalentadas, jitomates frescos, yerbabuena y cebolla, chiles desmenuzados: los olores de la cocina de la señora Manuela son iguales a los que salen con el humo de todas las viejas estufas de carbones rojos. Luego de comer sola contempla un rato las parrillas negras y descansa, ha de

43

descansar. Dicen que se lo merece. Fue criada de casa rica tantos años, toda su vida, como quien dice.

Después de la siesta, al atardecer, vuelve a salir, encorvada, con la canasta llena de tortillas secas, y es cuando los perros empiezan a juntársele. Es natural. Les va echando las tortillas y los perros ya lo saben y la siguen. Cuando logra juntar para un pollo guarda los huesos y luego se los echa a los perros que la van siguiendo por la Calle de la Moneda. El carnicero dice que no debía hacerlo, el hueso de pollo es malo para el perro, puede atragantarse, es hueso como astilla que perfora las tripas. Entonces los mal pensados dicen que esto prueba que doña Manuelita no es buena persona, nomás anda atrayendo a los perros para matarlos.

Regresa como a las siete, empapada en época de lluvias y con los zapatos grises de polvo en temporada de secas. Todos la recuerdan así, blanqueada, amortajada por el polvo entre octubre y abril, y entre mayo y septiembre hecha una sopa, el rebozo pegado a la cabeza, las gotas de lluvia suspendidas en la punta de la nariz, perdidas en los surcos de los ojos y las mejillas y en los pelos blancos del mentón.

Regresa de sus andanzas con la blusa negra, los faldones y las medias negras que pone a secar durante la noche. Es la única que se atreve a secar la ropa de noche. Ahí tienen, está bien loca, de noche puede llover y entonces de qué sirvió. De noche no hay sol. De noche hay ladrones. No importa. Ella cuelga sus trapos mojados en el secador común cuyas cuerdas atraviesan en todos sentidos el patio de la vecindad. Que les dé el sereno, murmuran los habladores en nombre de doña Manuelita. Porque la verdad es que nadie la ha oído hablar. Nadie la ha visto dormir. Son suposiciones. La ropa de doña Manuelita desaparece del tendedero antes de que nadie se levante. Nunca la han visto en los lavaderos, hincada junto a las demás mujeres, fregando, enjabonando y chismeando.

—Parece una reina vieja y solitaria, olvidada de todos, decía el Niño Luisito, antes de que le prohibieran verla o dirigirle siquiera la palabra.

—Cuando ella sube por la escalera de piedra, sólo entonces, imagino que éste fue un gran palacio, mamá, que aquí vivieron señores muy poderosos y ricos hace mucho tiempo.

—No la verás más. Recuerda lo de su hija. Tú, más que nadie, debías recordarlo.

—Yo no conocí a su hija.

—Quieres ponerte en lugar de ella. Y eso sí que no, faltaba más, bruja.

—Es la única que me sacaba a pasear. Todos los demás siempre están tan ocupados.

—Tu hermanita ya está grande. Ella puede sacarte ahora.

Al Niño Luisito en su silla de ruedas lo empujaba su hermanita Rosa María como él le iba indicando, según él quería. Rumbo a la calle de Tacuba si lo que deseaba era mirar los viejos palacios de cantera y tezontle del virreinato, los anchos zaguanes de madera clavada con tachones como monedas, los balcones de fierro labrado, los nichos con vírgenes de piedra, los altos canalizos y los desagües de lámina verde. Rumbo a las casitas chatas y despintadas de la calle de Jesús Carranza si, en cambio, lo que se le antojaba era pensar en doña Manuelita, pues él era el único que había entrado al cuarto y a la cocina de la vieja y podía describirlos. No había nada que describir, eso era lo interesante. Detrás de las puertas que eran ventanas, de madera la de la cocina y de visillos, cortinas de sábana detenidas por varillas de cobre, la del cuarto, no había nada digno de recordarse. Sólo un catre.

Todos adornaban sus cuartos con calendarios, altares, estampas, recortes, flores, banderines de futbol y carteles taurinos, la enseña nacional de papel, los retratos sacados en la feria, en la Villa de Guadalupe. Manuelita no, nada. Su cocina, sus trastes de barro, su costal de carbón, la comida de cada día y un cuarto con un catre. Nada más.

—Tú has estado allí. ¿Qué tiene, qué esconde?

—Nada.

—¿Qué hace?

—Nada. Todo lo hace afuera del cuarto. Cualquiera la puede ver, con las macetas, los mandados, los perros y los canarios. Además, si tanta desconfianza le tienen, ¿por qué la dejan regarles los geranios y encapuchar a los pájaros? ¿No temen que se sequen las flores y se mueran los pajaritos?

Qué lentos son los paseos con Rosa María, parece mentira, tiene 13 años y es menos fuerte que doña Manuelita, tiene que pedir ayuda en las esquinas para subir el carrito a las banquetas y después de cruzar cada calle. La vieja podía sola. Con ella, era el Niño Luisito el que hablaba si se iban por el rumbo de Tacuba, Donceles, González Obregón y la plaza de Santo Domingo, era él quien imaginaba la ciudad como había sido en la colonia, él quien le contaba a la vieja cómo se había construido la ciudad española, trazada como un tablero de ajedrez, encima de las ruinas de la capital azteca. De niño, le decía a doña Manuelita, lo habían mandado a la escuela que fue un martirio, las bromas crueles, el inválido, el cojito, la silla de ruedas volteada entre risas y fugas cobardes, él tirado allí, esperando que los profes lo recogieran. Por eso pidió que no, que lo dejaran en la casa, los niños eran crueles, era cierto, no era un decir, esa lección ya la sabía, ahora que lo dejaran solo, leyendo en la casa, todos salían a trabajar menos su mamá doña Lourdes y su hermana Rosa María, que lo dejaran leer a solas y educarse a solas, por el amor de dios. Las piernas no se las iban a curar en ninguna escuela, juró que iba a estudiar más él solito, de veras, que organizaran una colecta para comprarle libros, más tarde iría a una vocacional, lo prometió, pero ya entre hombres a los que pudiera hablarles y pedirles un poco de compasión. Los niños no saben qué cosa es eso.

Doña Manuelita sí, sí sabía. Cuando le empujaba la silla hacia los lugares feos, los terrenos baldíos del Canal del Norte, a la derecha de la glorieta de Peralvillo, era ella la que hablaba y le mostraba los perros, había más perros que hombres por estos rumbos, perros sueltos, sin amo, sin collar, perros paridos quién sabe dónde, nacidos del encuentro callejero entre otros perros igualitos a ellos, un perro y una perra que se quedaron trabados después de culear, ensartados como dos eslabones de una cadena tiñosa mientras los chamacos del barrio reían y les tiraban piedras y luego separados para siempre, para siempre, para siempre, ¿cómo iba a recordar la perra a su macho cuando paría sola, en un terreno de estos, a su camada de cachorros abandonados al segundo día de nacer? ¿Cómo iba a recordar a sus propios hijos la perra?

—Figúrate, Niño Luis, figúrate que los perros se recordaran unos a otros, figúrate nomás lo que pasaría.

Qué secreto temblor, lleno de un frío placer, recorría la espina dorsal del Niño Luisito cuando miraba a los muchachos de Peralvillo apedrear a los perros, corretearlos, provocar sus ladridos enojados primero, luego sus aullidos de dolor, finalmente sus lloriqueos cuando huían con las cabezas sangrantes, las colas entre las patas, los ojos amarillos, las pelambres ralas, lejos, hasta perderse en los llanos despoblados bajo el sol ardiente de todas las mañanas de México. Los perros, los muchachos, todos lacerados por el sol. ¿Dónde comían? ¿Dónde dormían?

—Ves, Niño Luis, si tienes hambre tú puedes pedir. El perro no puede. El perro tiene que tomar, donde halle.

Pero al Niño Luis le dolía pedir y tenía que pedir. Se hizo la colecta y le reunieron los libros. Él sabía que antes, en la casa grande de Orizaba, lo que sobraban eran libros que el bisabuelo mandaba traer desde Europa y luego iba hasta Veracruz a esperar las remesas de revistas ilustradas y libros de aventuras de gran formato que les leía a sus hijos durante las largas noches de la tormenta tropical. Todo se había ido vendiendo a medida que la familia empobreció y vino a dar a la Ciudad de México, porque aquí había más oportunidades que en Orizaba y a su padre le dieron chamba de archivista en la Secretaría de Hacienda. La casa de vecindad estaba cerca de Palacio Nacional, su papá se iba caminando todos los días, ahorraba camiones, casi todos los oficinistas tenían que perder dos o tres horas diarias para llegar al Zócalo de sus casas en las colonias apartadas y regresar después del trabajo. El Niño Luis vio cómo se iban desvaneciendo con los años los recuerdos, las tradiciones de la familia. Sus hermanos mayores ya no pasaron de la secundaria, no leían, uno trabajaba en el Departamento del Distrito Federal y el otro en el departamento de zapatos del Palacio de Hierro. Seguro, entre los tres reunían bastante para irse a vivir a una casita de la colonia Lindavista, pero eso quedaba muy lejos y en cambio aquí, en la vecindad de La Moneda, tenían los mejores cuartos, una sala y tres recámaras, más que nadie. Y en un lugar así, que había sido un palacio siglos atrás, al Niño Luis le era más fácil imaginar algunas cosas y recordar otras.

Si los perros se recordaran, dijo doña Manuelita; pero también nosotros nos olvidamos de los demás y de nosotros mismos, le contestó el Niño Luisito. A la hora de la cena, le gustaba hacer recuerdos de la casa grande de Orizaba, que de frente era una fachada blanca con ventanas enrejadas y por detrás se derrumbaba hacia un barranco podrido, oloroso a manglar y plátano negro. Al pic del barranco se escuchaba el rumor perpetuo de una cañada impetuosa y detrás, encima, alrededor de Orizaba se levantaban las enormes montañas, tan a la mano que daban miedo. Era como vivir junto a un gigante coronado de niebla. Y llovía, llovía sin cesar.

Los demás le miraban muy raro, su papá don Raúl bajaba la cabeza, su mamá suspiraba y meneaba la suya, un hermano se reía abiertamente, el otro se tocaba la sien con el dedo índice, el Niño Luisito está medio loco, ¿de dónde saca esas cosas, si nunca ha estado en Orizaba, si es puro chilango, si desde hace 40 años la familia se vino al D.F? y Rosa María ni siquiera lo escuchaba, seguía comiendo, sus ojitos de capulín eran de piedra, sin memoria. Cómo le dolía al Niño Luisito mendigarlo todo, los libros o el recuerdo, yo no olvido, junto tarjetas postales, hay un baúl lleno de fotos viejas, lo usan de cómoda, yo sé lo que hay adentro.

Doña Manuela sabía todo esto, porque el Niño Luisito se lo había dicho, antes de que le prohibieran sacarlo a pasear. Cuando se quedaba sola en su cuarto, acostada sobre el catre, trataba de comunicarse en silencio con el muchacho, recordando lo mismo que él.

—Imagínate, Manuelita, cómo era antes la vecindad.

Ése era el otro recuerdo del Niño Luisito, como si el pasado de esta casa de vecindad, común a 12 familias, completase la memoria de la casa única, la de Orizaba, que sólo fue de una familia, la suya, cuando tenía un apellido importante.

—Imagínate, estos fueron palacios.

La vieja hacía un gran esfuerzo por recordar lo que el muchacho le contó y luego imaginar, como él y con él, un palacio señorial, con zaguán sin expendio de lotería, con fachada de cantera labrada, sin almacenes de ropa barata, tienda de vestidos de novia, fotógrafo, miscelánea, sin todos los anuncios que desfiguraban la antigua nobleza del edificio. Un palacio limpio, austero, noble, sin los tendederos y fregaderos del patio, con la fuente rumorosa en el centro, la gran escalera de piedra, la planta baja reservada a la servidumbre, los caballos, las cocinas, los almacenes de grano y los olores de paja y jalea.

¿Y en la planta alta, qué recordaba el Niño? Sí, salones olorosos a cera y barniz, clavecines, decía, bailes y cenas, recámaras con piso de ladrillo fresco, camas con mosquiteros, roperos con espejos, candiles. Así le hablaba a solas, de lejos, doña Manuelita al Niño Luisito, cuando los separaron. Así se comunicaba con él, recordaba lo mismo que él y así se olvidaba de lo suyo, la casa donde trabajó toda su vida, hasta que se hizo vieja, la casa del general Vergara en la colonia Roma, 25 años de servicios, hasta que se mudaron al Pedregal. No tuvo tiempo de hacerse amiga del niño Plutarco, la nueva señora Evangelina se murió a los pocos años de casada y su ama doña Clotilde se había muerto antes, Manuela sólo tenía 50 años cuando la despidieron, le traía demasiados recuerdos al general, por eso la despidió. Fue generoso. Le seguía pagando la renta en la vecindad de La Moneda.

—Vive en paz tus últimos años, Manuela, le dijo el general Vergara, cada que te veo recuerdo a mi Clotilde, adiós.

Doña Manuelita se mordía un dedo amarillo y nudoso cuando recordaba estas palabras de su patrón, estos recuerdos se entrometían con los que estaba compartiendo con el Niño Luisito, no tenían nada que ver, doña Clotilde se había muerto, era una santa, en medio de la persecución religiosa y siendo el general personaje influyente de tiempo de

Calles, celebraba la misa en el sótano de la casa, todos los días se confesaban y comulgaban doña Clotilde, la criada Manuelita y la hija de la criada, la Lupe Lupita. El cura llegaba vestido de paisano, con un maletín como de doctor, donde traía su ropa eclesiástica, el sagrado, el vino y las hostias, el padre Téllez, un cura jovencito, un santo, que la santa doña Clotilde salvó de la muerte, dándole refugio cuando todos sus amigos fueron a dar al paredón, fusilados de mañanita con los brazos abiertos en cruz: ella vio las fotografías en *El Universal*.

Por eso sintió que cuando el general la despidió, fue como si quisiera matarla. Había sobrevivido a doña Clotilde, recordaba muchas cosas, el general quería quedarse solo con su pasado. Quizás tenía razón, quizás era mejor para los dos, el patrón y la criada, separarse cada uno con sus recuerdos secretos, sin que uno fuese el testigo del otro, mejor así. Se mordió el dedo amarillo y nudoso, el general se quedó con su hijo y su nieto, Manuelita perdió a su hija, no la volvió a ver más, todo por traerla a esta maldita vecindad, se rompió la soledad de la niña Lupita, en casa de los patrones no veía a nadie, no tenía por qué moverse de la planta baja, podía andar tranquila en su silla de ruedas. En la vecindad ni modo, los acomedidos, los metiches, tuvieron que subirla y bajarla por las escaleras, que le diera el sol, el aire, que saliera a la calle, me la quitaron, me la robaron, me la van a pagar. Hasta sangre se sacó doña Manuelita con los colmillos que le quedaban. Tenía que pensar en el Niño Luisito. A la Lupe Lupita no la iba a ver más.

—Llévame hasta el llano ese, le pidió el Niño Luisito a Rosa María, donde se juntan los perros.

Unos albañiles estaban levantando una barda en el terreno baldío de Canal del Norte. Pero apenas comenzaban a colocar los tabiques de cemento en un costado del lote abandonado y el Niño Luisito le dijo a Rosa María que se metieran por otra parte, lejos de los obreros. Ahora no había niños, eran unos grandulones vestidos de overol y camisetas rayadas, se reían mucho, tenían agarrado a un perro gris como la barda que se levantaba, los obreros miraban de lejos, trabajaban con sus palas de mano y sus mezclas de arcilla, mirando y codeándose de vez en cuando. Detrás de ellos el rumor de la armada de camiones que se estrangula en la glorieta de Peralvillo. Camiones de pasajeros, camiones materialistas, mofles abiertos, humo, cláxones desesperados, un ruido imperturbable. En Peralvillo cogió el tren al Niño Luisito, el último tranvía de la Ciudad de México, y lo tenía que agarrar a él. Los grandulones le cerraron el hocico a la fuerza al perro, otros le detuvieron las patas y uno de ellos le cortó trabajosamente el rabo, un reguero de sangre y pelo gris, mejor hubiera sido de un tajo de machete, limpio y rápido.

Le cortaron el rabo deshilachado, con dificultad, dejando hebras de carne y un chorro de sangre que se le perdió al animal en los pálpitos escurridos del ano. Pero los demás perros de esta jauría que se reunía todas las mañanas en el llano que los obreros comenzaban a bardear no habían huido. Allí estaban todos los perros, juntos, lejos pero juntos, viendo el suplicio del perro gris, silenciosos, con los belfos espumosos, perros del sol, mira Rosa María, no huyen, tampoco están allí nomás azorados, como esperando que les toque a ellos, no, Rosa María, mira, se miran entre sí, se están diciendo algo, se están acordando de lo que le están haciendo a uno de ellos, doña Manuelita tiene razón, estos perros se van a acordar del dolor de uno de ellos, de cómo sufrió uno de ellos a manos de un grupo de grandulones cobardes, pero los ojos de capulín de Rosa María eran de piedra, sin memoria.

Doña Manuelita se asomó por el visillo de la puerta cuando la niña regresó empujando a su hermano como a eso de la una. Miró de lejos el polvo de los zapatos y supo que los niños habían ido al llano de los perros. En la tarde, la vieja se cubrió la cabeza con el rebozo, llenó de tortillas secas y trapos viejos su bolsa de mandado y salió a la calle.

En la puerta la esperaba un perro. Lo miró con ojos vidriosos y gimió, pidiéndole que la siguiera. Cuando llegaron a la esquina de Vidal Alcocer se les juntaron como cinco perros más y a lo largo de Guatemala otros de toda laya, marrones, pintos, negros, hasta 20, que la rodearon mientras doña Manuelita les repartía pedazos de tortilla seca, verdosa ya. La rodearon y luego la precedieron, señalándole el rumbo, la siguieron, empujándola suavemente con sus hocicos, las orejas muy paradas, hasta llegar a las rejas frente al sagrario de la Catedral Metropolitana. De lejos, la vieja vio al perro gris, echado junto a la puerta de madera esculpida, bajo los aleros barrocos de la portada.

Doña Manuela y sus perros entraron al gran atrio de losas y la vieja se sentó junto al perro herido, ¿tú eres al que le dicen el Nublado, verdad, pobre perro tuerto?, ciego, mira nomás, da gracias que tienes un ojo muerto y azul como el cielo, para ver nomás la mitad del mundo, bendito sea dios, mira nomás cómo te han puesto, vente acá, Nublado, sobre mi regazo, déjame vendarte tu cola, malditos, ventajosos, hijos de su triste madre, nomás porque ustedes no pueden defenderse ni hablar ni pedir socorro, ya no sé si les hacen estas cosas a las pobres bestias para no hacérselas entre sí, o si sólo se entrenan con ustedes para lo que se van a hacer ellos mismos mañana, quién sabe, quién sabe, a ver, Nublado, cachorrito, si desde que naciste te conozco, abandonado en un basurero, tuertito de nacimiento, tu madre no tuvo tiempo ni de lamerte, luego luego te echaron a la basura, de allí te saqué yo, ahí está, ¿ya te sientes mejor?, pobrecito mi chiquilín, contigo se habían de meter esos cobardes, con el más desvalido de mis perros, vengan, vamos a dar gracias, vamos a pedir por la salud de todos los perros, vamos a rogar, allá adentro, que es la casa de dios nuestro señor, creador de todas las cosas.

Suave, con caricias, agachada, más encorvada que de costumbre, con palabras dulces, entró esa tarde doña Manuela a la Catedral de México con sus 20 perros rodeándola, hasta el altar mayor logró meterlos, era la mejor hora, no había más que unas cuantas beatas y dos o tres huarachudos que miraban al cielo con los brazos abiertos. Doña Manuelita se hincó frente al sagrado pidiendo en voz alta, un milagro Señor, dales voz a los perros, dales manera de defenderse, dales manera de recordarse y de recordar a los que los martirizan, Señor, tú que sufriste en la cruz, ten compasión de tus cachorros, no los abandones, dales fuerzas para defenderse ya que no le diste piedad a los hombres para tratar con ternura a estos pobres brutos, Señor Mío Jesucristo, Dios y Hombre Verdadero, demuestra que eres todo esto dándole lo mismo a todas tus criaturas, no la misma riqueza, eso no, no te pido tanto, nomás la misma compasión para entenderse o si eso falla, la misma fuerza para defenderse, no quieras a unas criaturas más que a otras, Señor, porque menos te amarán las que tú menos amaste, y dirán que eres el diablo.

Chistaron varias beatas y una pidió con amargura silencio y otra gritó respeto para la casa del Señor y luego los acólitos y dos curas llegaron corriendo hasta el altar, despavoridos, qué sacrilegio, una vieja loca y un montón de perros sarnosos. Qué se iba a dar cuenta doña Manuela, nunca había vivido instantes más exaltados, jamás había dicho palabras tan bonitas y tan sentidas, casi tan bonitas como las que sabía decir su hija la Lupe. Allí estaba la vieja contenta, sintiéndose más que bañada, embalsamada por la luz de la tarde, filtrada desde las altísimas cúpulas, prodigada en los reflejos de los órganos de plata, los marcos dorados, las humildes veladoras y el reluciente barniz de las sillerías. Y dios, al que ella le hablaba, le estaba contestando, le estaba diciendo:

—Manuela, debes creer en mí a pesar de que el mundo sea injusto y cruel. Esa es la prueba que te mando. Si el mundo fuese perfecto, no tendrías necesidad de creer en mí, ¿me entiendes?

Pero ya los curas y los acólitos la arrastraban lejos del altar, empujaban a los perros; un acólito enloquecido de furia les pegaba a los brutos con un crucifijo y otro los sahumaba con incienso para atarantarlos. Todos comenzaron a ladrar juntos y doña Manuela, maltratada, miró los féretros de cristal donde yacían las estatuas de cera de los cristos todavía más maltratados que ella o su perro el Nublado. Sangre de tus espinas, sangre de tu costado, sangre de tus pies y de tus manos, sangre de tus ojos, Cristo de mi corazón ve nomás cómo te han puesto, ¿qué son nuestros sufrimientos al lado de los tuyos?, entonces ¿por qué no nos dejas a mí y a mis perros decir nuestro dolorcito aquí en tu casa que es tan grande para que quepan tu dolor y el nuestro?

Arrojada de bruces sobre las baldosas del atrio, rodeada de los perros, se sintió humillada porque no supo explicarle la verdad a los curas y a los acólitos y luego sintió vergüenza cuando levantó la mirada y encontró, inmóviles, incomprensivas, las del Niño Luisito y Rosa María. Los acompañaba su madre la señora Lourdes. Ella sí, su mirada sí decía miren la prueba de lo que es la vieja Manuela, lo que siempre he dicho, hay que echarla de la vecindad como los sacerdotes la echaron del templo. En la recriminación escandalizada de esos ojos vio doña Manuelita la amenaza, el chisme, otra vez todos recordando lo que ella había procurado olvidar y hacerles olvidar a los demás con su discreción, su decencia, su acomedida labor de todos los días, rociando los geranios, tapando a los canarios.

Luisito miró rápidamente de los ojos de su madre a los de la señora Manuela. Se empujó a sí mismo, con ambas manos sobre las ruedas de la silla, hasta el sitio donde estaba tirada la vieja. Extendió la mano y le ofreció un pañuelo.

—Toma, Manuela. Tienes una herida en la frente.

—Gracias, pero no te comprometas por mí. Regresa con tu mamacita. Mira qué feo nos está viendo.

—No importa. Quiero que me perdones.

—¿Pero de qué, Niño?

—Siempre que voy al llano y miro cómo maltratan a los perros siento gusto.

—Pero Niño Luis.

—Me digo que si no fuera por ellos, a mí me tocaría la paliza. Como si los perros estuvieran siempre entre los demás muchachos y yo, sufriendo por mí. ¿No soy más cobarde que nadie, Manuela?

Quién sabe, murmuró la vieja atarantada mientras se secó la sangre de la frente con el pañuelo del Niño, quién sabe, mientras se puso de pie trabajosamente, apoyando esta mano contra el suelo y la otra contra su rodilla, luego pasándolas a su abultado vientre y de allí al brazo de la silla de ruedas, levantándose como una estatua de trapos caída desde el más alto nicho del sagrario, quién sabe, ¿puedes hacer algo para que los perros te perdonen?

Tengo 14 años, voy para 15, puedo hablarles como un hombre, siempre me dirán niño porque nunca creceré mucho, estaré sentado en mi silla haciéndome todavía más chiquito hasta morirme, pero hoy tengo 14 años, voy para 15 y puedo hablarles como hombre y ellos tienen que escucharme, repitió muchas veces estas palabras mientras revisó esa noche, antes de la cena, las fotos, las postales, las cartas metidas en el baúl que ahora servía de arcón porque todo tenía que tener doble uso en estas habitaciones de vecindad, que antes fueron palacios y ahora servían de refugio a familias venidas a menos que aquí convivían con antiguos criados, ellos que fueron ricos en Orizaba y la Manuelita que sólo fue criada de casa rica, esto se repitió el Niño Luis sentado en su habitual lugar en la mesa que lo mismo servía para comer que para preparar las comidas, para las tareas escolares que para las horas extras de contabilidad con que su papá lograba que cada mes les alcanzara.

Sentado en silencio, esperando que alguien hablara primero, mirando intensamente a su madre, desafiándola a que ella comenzara, a que contara aquí, a la hora de la cena, lo que le había pasado a doña Manuela esa tarde, para que aquí mismo empezara el chisme y mañana toda la vecindad lo supiera: la corrieron a palos de catedral, junto con todos sus perros. Nadie hablaba porque la señora Lourdes sabía, cuando quería imponer un silencio helado, hacerles notar a todos que no era momento de bromas, que ella se reservaba el derecho de anunciar algo muy grave.

Dirigió una sonrisa amarga a todos, a su esposo Raúl, a los dos hijos mayores que estaban impacientes por irse al cine con sus novias, a Rosa María que se caía de sueño pero esperó a que todos se sirvieran la sopa seca de arroz con chícharos para contar otra vez la misma historia, la que siempre se sacaba a cuento para comprobar la maldad de doña Manuelita, cómo le hizo creer a su propia hija, la tal Lupe Lupita, que de niña había sufrido una caída y por eso era lisiada y debía andar siempre en silla de ruedas, puras mentiras, si no tenía nada, puro egoísmo y maldad de la

Manuela para tener a la muchacha siempre a su lado, para no quedarse sola aunque le arruinara la vida a su propia hija.

—Gracias a ti, Pepe —le dijo doña Lourdes a su hijo mayor—, que algo sospechaste y la convenciste de que se bajara de la silla y tratara de caminar y le enseñaste cómo, gracias a ti, hijo, la Lupe Lupita se salvó de las garras de su madre.

—Por dios, mamá, eso ya pasó, ya no cuentes eso, por favor —contestó Pepe, ruborizándose como cada vez que su madre repetía esa historia, acariciándose el finísimo bigotillo negro.

—Por eso prohibí que Luis se juntara más con la Manuela. Y ahora, esta misma tarde…

—Mamá…, interrumpió Luis, voy para 15, tengo 14, mamá —interrumpió—, puedo hablarles como hombre y miró la cara de su padre, derrotada por la fatiga, la carita dormida de Rosa María, una niña sin recuerdos, las caras estúpidas de sus hermanos, el imposible orgullo, el temor altivo del hermoso rostro de su madre, nadie heredó esos huesos altos, duros, eternos.

—Mamá, esa vez que yo me caí por la escalera…

—Fue un descuido, nadie fue culpable…

—Ya lo sé, mamá, no es eso. Lo que yo recuerdo es que toda la vecindad se asomó a ver qué pasaba. Grité. Me asusté mucho. Pero ahí se quedaron todos, mirando, hasta tú. Sólo ella fue corriendo a recogerme. Sólo ella me abrazó, vio si estaba herido y me acarició la cabeza. A los demás les vi las caras, mamá. No vi una sola cara que quisiera ayudarme. Al contrario, mamá. Todos, en ese momento, estaban deseando que me muriera, lo estaban deseando dizque por compasión, pobrecito, que ya no sufra más, mejor así, ¿qué le puede ofrecer la vida? Hasta tú, mamá.

—Eres un mentiroso, peor tantito, un fantasioso vil.

—Soy muy tonto, mamá. Perdóname. Tienes razón. Doña Manuela me necesita porque perdió a la Lupe Lupita. Quiere ponerme en su lugar.

—Así es. ¿Hasta ahora te das cuenta?

—No. Siempre he sabido, aunque sólo ahora encuentre las palabras para decirlo. Qué bueno es saberse necesitado, qué bueno saber que si no fuera por uno, otra persona estaría muy sola. Qué bueno necesitar a alguien, como la Manuela a su hija, como yo a la Manuela, como tú a alguien, mamá, como todos… Como se necesitan la Manuela y sus perros, como todos necesitamos algo, aunque no sea verdad, escribir cartas, decir que no nos ha ido mal, al contrario, vivimos en Las Lomas, ¿no es cierto?, papá tiene una fábrica, mis hermanos son abogados, Rosa María está de interna con las monjas en Canadá, yo soy tu orgullo, mamá, número uno de la clase, campeón de equitación, yo, mamá…

Don Raúl rió quedamente, asintiendo con la cabeza:

—Lo que siempre quisiste, Lourdes, qué bien te conoce tu hijo…

La mamá no apartó su mirada de desesperación altiva del Niño Luis, negando, negando con toda la intensidad de la que su silencio era capaz y el papá seguía meneando la cabeza, ahora negativamente:

—Qué lástima que no pude darte nada de eso.

—Nunca me has oído quejarme, Raúl.

—No —contestó el papá—, nunca, pero una vez, al principio, dijiste lo que te hubiera gustado tener, sólo una vez, hace más de 20 años, yo nunca lo he olvidado, aunque tú nunca lo hayas repetido.

—Nunca lo he repetido —dijo la señora Lourdes—, nunca te he reprochado nunca nada y miró con esa súplica salvaje al Niño Luis.

Pero el muchacho estaba hablando de Orizaba, de la casa grande, de las fotos y postales y cartas, él nunca había estado allí, por eso tenía que imaginarlo todo, los balcones, la lluvia, la montaña, el barranco, los muebles de una casa rica de entonces, las amistades de una familia así, los pretendientes. ¿Por qué se escoge a una persona sobre otras para casarse con ella, mamá?, ¿nunca se arrepiente uno, se hace ilusiones de lo que pudo haber sido, con otro, y luego le escribes cartas para hacerle creer que todo salió bien, que no se escogió mal?, tengo 14, puedo hablarles como un hombre…

—No sé —dijo don Raúl, como si volviera de un sueño, como si no hubiera seguido muy bien la conversación—, a todos nos desquició la revolución, a unos para bien y a otros para mal. Había una manera de ser rico antes de la revolución, y otra manera después, nosotros sabíamos ser ricos a la antigüita, nos quedamos atrás, ni modo, rió suavemente, como siempre reía.

—Nunca mandé esas cartas, lo sabes muy bien —le dijo doña Lourdes al Niño Luis con voz muy apretada cuando lo acostó, como todas las noches, en la misma cama al lado de Rosa María, que se había quedado dormida en la mesa…

—Gracias, mamá, gracias por no decir nada de la Manuela y sus perros —la besó con cariño.

Todo el día siguiente doña Manuelita esperó lo peor y anduvo buscando señas de animosidad. Quizás por ello se dio cuenta de que muy de mañana, cuando recogía su ropa o luego rociaba los geranios, muchos ojos la espiaban, las cortinas se apartaban sigilosamente, los volantes entreabiertos se cerraban con premura, muchos ojos negros, cubiertos de espesos velos de vejez unos, jóvenes, redondos y líquidos otros, la miraban en secreto, la esperaban sin decírselo, aprobaban que hiciera esta labor como para hacerse perdonar lo de la

Lupe Lupita. Doña Manuela cayó en la cuenta de que sí, ella hacía su deber para que se lo agradecieran, para que no le echaran nada en cara. Más que nunca, tuvo ese día ese sentimiento, pero al tenerlo se dio cuenta de que era algo constante, todos se habían puesto de acuerdo sin necesidad de palabras, le agradecían que rociara las flores y encapuchara a los pájaros, nadie hablaría de lo que pasó en la catedral, nadie la humillaría, todos se perdonarían todo.

Doña Manuela se pasó ese día encerrada. Se había convencido a sí misma de que no pasaría nada, pero la experiencia le pedía estar precavida, muy águila, doña Manuela, póngase changa, al camarón dormido se lo lleva la corriente, cómo no. Metida en su cuarto y su cocina, una extraña amargura, nada propia de ella, la fue ganando ese día. Si habían dejado de pensar mal de ella, ¿por qué no se lo habían demostrado antes?, ¿por qué sólo ahora que la habían humillado en la catedral la respetaban todos en la vecindad? No entendía esto, de plano no lo entendía. ¿Por qué esa señora Lourdes, la mamá de Luis y Rosa María, no había chismeado?

Se recostó en su catre y miró las paredes desnudas y pensó en sus perros, cómo gracias a ella, a través de ella, se pasaban noticias, se hablaban, le hablaban a ella, hirieron al Nublado, está acurrucado junto al sagrario, malherido el pobre, vamos a pedirle a dios nuestro señor que ya no nos persigan ni maltraten, doña Manuela.

Igual era con el Niño Luisito, se dejaban sentir, ella lo sentía, él debía sentirla igual, tenían tantas cosas en común, sobre todo una silla de ruedas, la de Luisito, la de la Lupe Lupita. El joven Pepe, el hermano del Niño Luis, sacó de su silla de ruedas a la Lupe Lupita. La Manucla la sentó allí para protegerla, no por necesidad de compañía, una criada siempre está sola por el solo hecho de ser criada, no, sino para salvarla de esos apetitos, esas miradas. El general Vergara con su mala fama, su hijo el niño Tin, tan gatero, no, que no le tocaran a su Lupe Lupita, con una lisiada nadie se atrevería, daría asco, vergüenza, vaya usted a saber…

—Ahora te lo digo, hija, ahora que ya te fuiste para siempre, fue para salvarte a ti, siempre quise salvarte del mal destino de una hija de criada cuando es guapa, desde niña quise salvarte, por eso te nombré así, dos veces, Lupe Lupita, doblemente virgen, dos veces amparada, hijita mía.

Fue un día muy largo y doña Manuelita supo que no había que hacer nada más que esperar. Ya vendría el momento. Ya llegaría el signo. Ya se dejaría sentir el otro, su amigo, Luisito. Tenían tanto en común, la silla de ruedas, su hermano Pepe que estropeó a la Lupita, la dejó con un solo nombre, se fue para siempre su niña.

—Te lo digo ahora, Lupe, cuando no he de verte más. Quise protegerte porque eras lo único que me dejó tu padre. Esa es la verdad. Quise a tu cabrón papá más que a ti y como lo perdí te quise como a él.

Entonces oyó el primer ladrido en el patio de la casa. Eran las 11 pasadas pero doña Manuela no había cenado, perdida en tantos pensamientos. Nunca, pero nunca uno de sus perros se había metido al patio, todos sabían bien los peligros que les esperaban. Y otro ladrido se juntó al primero. La vieja se cubrió la cabeza con un rebozo negro y salió del cuarto. Los pájaros estaban inquietos. Se le había olvidado ponerles las capuchas para dormir. Se movían nerviosos, sin atreverse a cantar, sin atreverse a dormir, como en esos días de eclipse que ya le había tocado dos veces en su vida a la Manuela, cuando los animales y las aves se quedan callados apenas desaparece el sol.

Esta noche, en cambio, había luna y un calor de primavera. Cada vez más segura del sentido de su vida, del papel que le correspondía representar en espera de la muerte, doña Manuelita fue colocando cuidadosamente las capuchas de lona sobre las jaulas.

—Anden, duerman tranquilos, esta noche no es de ustedes, es mi noche, duerman.

Terminó ese trabajo que todos le agradecían y que ella hacía para que se lo agradecieran y todos vivieran en paz y caminó hasta el lugar donde la gran escalera de piedra iniciaba su descenso. Como lo sabía, allí estaba el Niño Luis, sentado en la silla, esperándola.

Todo fue tan natural. No tenía por qué ser de otra manera. El Niño Luis se levantó de la silla y le ofreció el brazo a doña Manuela. El muchacho se tambaleó un poco, pero la vieja era fuerte, le prestó todo su apoyo. Era más alto de lo que ella o él suponían, 14 años, entrando para 15, un hombrecito ya. Los dos bajaron por la escalera, el Niño Luisito doblemente apoyado en la balaustrada de piedra y en el brazo de Manuelita, estos fueron los palacios de la Nueva España, Manuela, imagina las fiestas, la música, los criados de librea llevando en alto los candelabros chisporroteantes, precediendo a las visitas las noches de baile, quemándose sin chistar los puños con la cera ardiente de las velas, baja conmigo, Manuela, vamos juntos, Niño.

Los 20 perros de la señora Manuelita estaban en el patio, ladrando todos juntos, ladrando de alegría, todos, el Nublado, los tiñosos, los hambrientos, las perras hinchadas de gusanos o de embarazo, quién sabe, el tiempo lo diría, las que habían parido hace poco más perros, con las tetas arrastrándoles, más perros para poblar la ciudad de huérfanos, de bastardos, de hijitos de la virgen refugiados bajo los aleros barrocos de los sagrarios: doña Manuela tomó de la cintura y la mano al Niño Luisito, los perros ladraban felices, miraban a la luna como si todas las noches de luna fuesen la

primera noche del mundo, antes del dolor, antes de la cruel-
dad, y Manuela guió a Luisito, los perros ladraban pero la
criada y el muchacho oían música, música antigua, la que
hace siglos se escuchó en este palacio. Mira a las estrellas,
Niño Luisito, la Lupe Lupita preguntaba siempre, ¿cuándo
se apagan las estrellas?, ¿se seguirá preguntando eso, donde
quiera que esté? Claro, Manuela, claro que se lo pregunta,
baila, Manuela, dímelo todo mientras bailamos juntos, somos iguales, tu hija y yo, la Lupe Lupita y Luisito, ¿no es
cierto? Sí, sí es cierto, ahí están los dos, ahora sí los veo, una
noche de luna y estrellas, igual a esta, bailando un vals, los
dos juntos, iguales, esperando lo que nunca llega, lo que
nunca pasa, hijos del sueño los dos, capturados en un sueño:
no salgas nunca, hijito, no salgas a buscar, mejor espera, espera, pero la Lupita se fue, Manuela, tú y yo nos quedamos
aquí, en la vecindad, no somos ella y yo, somos tú y yo, esperando, ¿qué esperas tú, Manuela?, ¿qué esperas además de
la muerte?

Cómo ladran los perros, para eso está la luna esta noche, para eso nomás salió, para que le ladren los perros y oye
Luisito, oye la música y deja que yo te lleve, qué bien bailas,
Niño, olvídate que yo soy yo, has de cuenta que bailas con
mi linda Lupe Lupita, que la tienes tomada de la cintura y
que al bailar hueles los perfumes de mi niña, oyes su risa,
miras sus ojos de venadito tonto, y yo me hago de cuenta
que todavía sé recordar el amor, mi único amor, el papá de
Lupe, amor de criada, a oscuras, a tientas, rehusado, noctur-
no, hecho de una sola palabra repetida mil veces.

—No... no... no... no...

Atarantada por el baile, embriagada por tantos recuerdos, doña Manuelita perdió el paso y cayó. Cayó con ella el
Niño Luisito, abrazados los dos, riendo, mientras la música
se apagó y los ladridos aumentaron.

—¿Prometemos ayudar a los perros, Niño Luisito?

—Prometemos, Manuela.

—Tú puedes gritar. El perro no. El perro toma.

—No te preocupes. Vamos a cuidarlos siempre.

—No es cierto lo que dicen, que quiero a los perros porque no quise a mi hija. Eso no es cierto.

—Claro que no, Manuela.

Y sólo entonces doña Manuelita se preguntó por qué, en medio de tanto escándalo de ladridos y música y risas, nadie se había asomado, ninguna puerta se había abierto, ninguna voz había protestado. ¿También esto le debía a su amiguito el Niño Luis? ¿Nadie la molestaría más, nunca más?

—Gracias, Niño, gracias.

—Imagina, Manuela, ponte a pensar. Estos fueron palacios hace siglos, grandes palacios, hermosos palacios, aquí vivía gente muy rica, gente muy importante, como nosotros, Manuela.

Le dio mucha hambre hacia la medianoche y se levantó sin despertar a nadie. Fue a la cocina y encontró a tientas un bolillo. Lo embarró de crema fresca y comenzó a masticar. Entonces tuvo una reacción de honor o deber; ya no supo bien qué. Antes, siempre había pedido. Hasta eso: un bolillo embarrado de crema. Esta era la primera vez que tomaba sin pedir. Tomó las tortillas secas que quedaban y salió al patio para tirárselas a los perros. Pero los brutos ya no estaban allí, ni Manuelita, ni la luna, ni la música, ni nada.

3

Las mañanitas

a Lorenza y Patricia Graciela

1

Antes, México era una ciudad con noches llenas de mañanas. A las dos de la madrugada, cuando Federico Silva salía al balcón de su casa en la calle de Córdoba antes de acostarse, ya era posible oler la tierra mojada del siguiente día, respirar el perfume de las jacarandas y sentir muy cerca los volcanes.

El alba todo lo aproximaba, montañas y bosques. Federico Silva cerraba los ojos para aspirar mejor ese olor único del amanecer en México; el rastro sápido, verde de los légamos olvidados de la laguna. Oler esto era como oler la primera mañana. Sólo quienes saben recuperar así el lago desaparecido conocen de veras esta ciudad, se decía Federico Silva.

Eso era antes, ahora su casa quedaba a una cuadra de la gigantesca plaza a desnivel del metro de Insurgentes. Algún arquitecto amigo suyo había comparado ese cruce anárquico de calles y avenidas —Insurgentes, Chapultepec, Génova, Amberes, Jalapa— a la Plaza de la Estrella en París y Federico Silva había reído mucho. El cruce de Insurgentes, más bien, era como un portavianda urbano: una vía alta, a veces más alta que las azoteas vecinas, por donde corren los automóviles, luego las calles cerradas por mojones y cadenas, después las escaleras y túneles que comunican con la plazoleta interna llena de restoranes de mariscos y expendios de tacos, vendedores ambulantes, mendigos y trovadores callejeros; y estudiantes, esa cantidad salvaje de jóvenes, sentados comiendo tortas compuestas, chiflando y mirando el paso lento del smog mientras el bolerito les limpia los zapatos, chuleando y albureando a las muchachas de minifalda, chaparritas, nalgonas, de piernas flacas; la jipiza, plumas, párpados azules, bocas espolvoreadas de plata, chalecos de cuero y nada debajo, cadenas, collares. Y finalmente la entrada al metro: la boca del infierno.

Le mataron sus noches llenas de amanecer. Su barrio se volvió irrespirable, intransitable. Entre los miserables lujos de la Zona Rosa, patético escenario cosmopolita de una gigantesca aldea y el desesperado aunque inútil intento de gracia residencial de la colonia Roma, le habían abierto a Federico Silva esa zanja infernal, insalvable, ese río Estigio de vapores etílicos que circulaba en torno al remolino humano de la plazoleta, cientos de jóvenes chiflando, mirando pasar el smog, dándose grasa, esperando allí sentados en esa especie de platillo sucio que es la redonda y hundida plaza de cemento. El platillo de una taza de chocolate frío, grasoso y derramado.

—Qué infamia —decía con voz impotente—, pensar que era una ciudad chiquita y linda de colores pastel. Podía uno caminar del Zócalo a Chapultepec sin perderse nada: gobierno, diversión, amistad o amor.

Era una de sus tantas cantinelas de viejo solterón, aferrado a cosas olvidadas que a nadie le interesaban más que a él. Sus amigos, Perico y el Marqués, le decían que no fuera terco. Mientras no se moría su mamá (y mira que tardó en morirse la santa señora) estaba bien que respetara la tradición familiar y mantuviera la casa de la calle de Córdoba. Pero ahora, ¿para qué? Recibió magníficos ofrecimientos de compra, el mercado alcanzaría su tope y debía aprovechar el momento. Lo sabía mejor que nadie, él mismo era rentista, vivía de eso, de la especulación.

Luego pretendieron forzarle la mano construyéndole en cada costado de su propiedad un edificio alto, dizque moderno, porque Federico Silva decía que sólo es moderno lo que dura para siempre, no lo que se construye de prisa para que se descascare a los dos años y se venga abajo a los 10. Le daba vergüenza que un país de iglesias y pirámides edificadas para la eternidad acabara conformándose con una ciudad de cartón, caliche y caca.

Lo encajaron, lo sofocaron, le quitaron el sol y el aire, los ojos y el olfato. Y en cambio, le retacaron las orejas de ruidos. Su casa, aprisionada entre las dos torres de cemento y vidrio, sufrió sin comerlos ni deberlos el desnivel del terreno, las cuarteaduras de la presión excesiva. Una tarde se le cayó una moneda mientras se vestía para salir y la vio rodar hasta topar con pared. Antes, en esta misma recámara, había jugado a los soldados, había dispuesto batallas históricas, Austerlitz, Waterloo hasta un Trafalgar en su tina de baño. Ahora no la podía llenar porque el agua se desbordaba del lado inclinado de la casa.

—Es como vivir dentro de la Torre de Pisa, pero sin ningún prestigio. Ayer nada más me cayó caliche en la cabeza mientras me rasuraba y toda la pared del baño está cuarteada. ¿Cuándo entenderán que el subsuelo esponjoso no resiste la injuria de los rascacielos?

No era una casa verdaderamente antigua, sino uno de esos hoteles particulares, de supuesta inspiración francesa, que se levantaron a principios de siglo y dejaron de hacerse por los años veinte. Más parecida, en verdad, a ciertas villas españolas o italianas de techos planos, caprichosas simetrías de piedra en torno a pálidos estucos y escalinata de entrada a una planta de recepción elevada, alejada de la humedad del subsuelo.

Y el jardín, un jardín umbrío, húmedo, solaz de las calurosas mañanas del altiplano, recoleto, en el que se reunían sin pena, todas las noches, los perfumes de la mañana siguiente. Qué lujo: dos grandes palmeras, un caminito de grava, un reloj de sol, una banca de fierro pintada de verde, un borbotón de agua canalizada hacia los lechos de violeta. Con qué rencor miraba esos ridículos vidrios verdes con los que los edificios nuevos se defendían del antiguo sol mexicano. Más sabios, los conquistadores españoles entendieron la importancia de la sombra conventual, los patios frescos. ¿Cómo no iba a defender todo esto contra la agresión de una ciudad que primero fue su amiga y ahora resultó ser su más feroz enemiga? De él, de Federico Silva, llamado por sus amigos el Mandarín.

Es que sus rasgos orientales eran tan marcados que hacían olvidar la máscara indígena que los sostenía. Sucede con muchos rostros mexicanos: esconden los estigmas y accidentes de la historia conocida y revelan el primer rostro, el que llegó de la tundra y las montañas mongólicas. De esta manera, la cara de Federico Silva era como el perdido perfume de la antigua laguna de México: un recuerdo sensible, casi un fantasma.

Muy circunspecto, muy limpio, muy arreglado y pequeñito, dueño de esa máscara inconmovible y con el pelo eternamente negro, que parecía teñido. Pero ya no tenía los dientes blancos, fuertes y eternos de sus antepasados, debido al cambio de dieta. Pero el pelo negro sí, a pesar de la dieta distinta. Se iban agotando, para las generaciones que la abandonaban, las fuerzas esenciales del chile, el frijol y la tortilla, calcio y vitaminas suficientes para los que comen poco. Ahora miraba en esa maldita glorieta que parece una taza

sucia a los jóvenes comiendo pura porquería, aguas gaseosas y caramelos sintéticos y papas fritas en bolsas de celofán,
la comida–basura del norte, más la comida–lepra del sur: la
triquina, la amiba, el microbio omnipotente en cada chuleta
de cerdo, agua de tamarindo y rábano desmayado.

Cómo no iba a mantener, en medio de tantas cosas feas,
su pequeño oasis de belleza, su personalísimo edén que
nadie le envidiaría. Voluntaria, conscientemente se había
quedado a la vera de todos los caminos. Miraba pasar la ca-
ravana de las modas. Se reservó una de tantas, era cierto. Pero
fue la que él escogió y conservó. Cuando esa moda dejó de
serlo, él la mantuvo, la cultivó y la aisló del gusto inconstan-
te. Así, su moda nunca pasó de moda. Igual que sus trajes, sus
sombreros, sus bastones, sus batas chinas, los elegantísi-
mos botines de cuero para sus pequeñísimos pies orientales, los sutiles guantes de cabritillo para sus minúsculas
manos de mandarín.

Pensó esto durante muchísimos años, desde principios
de los cuarenta, mientras esperaba que su madre se muriera
y le dejara la herencia y él, a su vez, se fuera muriendo solo,
en paz, como quería, solo en su casa, libre al fin de la carga
de su madre, tan vanidosa, tan excesiva y al mismo tiempo
tan ruin, tan polveada, tan pintada y tan empelucada hasta el
último día. Los maquillistas de la agencia fúnebre se dieron
gusto. Obligados a proporcionarle un aspecto más fresco y
rozagante en la muerte que en la vida, acabaron por presen-
tarle a Federico Silva, orgullosamente, una caricatura deli-
rante, una momia barnizada. Él la vio y ordenó cerrar para
siempre el féretro.

Se reunieron muchísimos familiares y amigos los días
del velorio y el sepelio de doña Felícitas Fernández de Silva.
Gente discreta y distinguida que los demás llaman aristocracia, como si semejante cosa, opinaba Federico Silva, fuese

posible en una colonia de ultramar conquistada por prófugos, tinterillos, molineros y porquerizos. —Contentémonos —le decía a su vieja amiga María de los Ángeles Negrete—, con ser lo que somos, una clase media alta que, a pesar de todos los torbellinos históricos, ha logrado conservar a lo largo del tiempo un ingreso confortable.

El más antiguo nombre de esta compañía hizo fortuna en el siglo XVIII, el más reciente fundó la suya antes de 1910. Una ley no escrita excluía del grupo a los nuevos ricos de la revolución pero admitía a quienes, damnificados por la guerra civil, después aprovecharon a la revolución para recuperar su *standing*. Pero lo normal, lo decente, era haber sido rico lo mismo durante la colonia que durante el imperio que durante las dictaduras republicanas. El solar del marqués de Casa Cobos databa de tiempos del virrey O'Donojú y su abuelita fue dama de compañía de la emperatriz Carlota; los antepasados de Perico Arauz fueron ministros de Santa Anna y Porfirio Díaz; y Federico, por lo Fernández, descendía de un edecán de Maximiliano y, por lo Silva, de un magistrado de Lerdo de Tejada. Prueba de estirpe, prueba de clase mantenida por encima de los vaivenes políticos de un país tan dado a las sorpresas, tan dormido un día, tan alborotado al siguiente.

Todos los sábados se reunía a jugar mah-jong con sus amigos y el Marqués le decía: —No te preocupes, Federico. Por más que nos choque, debemos admitir que la revolución domesticó para siempre a México.

No habían visto los ojos de resentimiento, los tigres enjaulados dentro de los cuerpos nerviosos de todos esos jóvenes sentados allí, mirando pasar el smog.

El día que enterró a su madre empezó realmente a recordar. Es más: se dio cuenta de que sólo gracias a esa desaparición le regresaba una memoria minuciosa que fue soterrada por el formidable peso de doña Felícitas. Fue cuando recordó que antes las mañanas eran anunciadas por la medianoche y que él salía al balcón a respirarlas, a cobrarse el regalo anticipado del día.

Pero eso era sólo un recuerdo entre muchos y el más parecido a un instinto resucitado. Lo cierto, se dijo, es que la memoria de los viejos es provocada por las muertes de otros viejos. Esperó desde entonces que le anunciaran la muerte de algún tío, de algún amigo, con la seguridad de que nuevos recuerdos acudirían a la cita. Y así, algún día, lo recordarían a él.

¿Cómo sería recordado? Acicalándose cada mañana frente al espejo, admitía que en realidad había cambiado poco en los últimos 20 años. Como los orientales, que son idénticos a su eternidad desde que envejecen. Pero también porque en todo ese tiempo había usado y repetido el mismo estilo de ropa. Sólo él, sin duda, seguía usando en época de calor un carrete como el que puso de moda Maurice Chevalier. Repetía con gusto, saboreando las sílabas, los nombres extranjeros de ese sombrero, *straw hat*, *cannotier*, *paglietta*. Y en invierno, el *homburg* negro con ribete de seda que impuso Anthony Eden, el hombre más elegante de su época.

Siempre se levantaba tarde. No tenía por qué pretender que era otra cosa sino un rentista acomodado. Los hijos de sus amigos fueron capturados por la mala conciencia social. Esto significaba que debían ser vistos de pie a las ocho de la mañana en alguna cafetería, comiendo hot cakes y discutiendo política. Felizmente, Federico Silva no tenía hijos que se avergonzaran de ser ricos o que quisieran avergonzarlo a él de permanecer en la cama hasta el mediodía, esperar a que su valet y cocinero Dondé le subiera el desayuno, beber tranquilamente el café y leer los periódicos, asearse y vestirse con calma.

A lo largo de los años, había conservado las prendas de vestir de sus mocedades y al morir doña Felícitas reunió y ordenó los extraordinarios atuendos de su madre en varios armarios, uno correspondiente a la moda anterior a la primera guerra, otro a la de los años veinte y un tercero con la mezcolanza que la señora se inventó en los treinta y que de allí en adelante ya fue su estilo hasta la muerte: medias de colores, zapatos plateados, boas de furiosos tonos escarlata, faldas largas de seda malva, blusas escotadas, miles de collares, sombreros de campana, sofocantes de perla.

Todos los días se iba caminando hasta el Bellinghausen en la calle de Londres, donde le reservaban la misma mesa en un rincón desde la época en que se mandó hacer el traje que llevaba puesto. Allí comía solo, digno, severo, inclinando la cabeza al paso de sus conocidos, mandando pagar las cuentas de las mesas de señoras solas conocidas de él o de su mamá, nada de abrazotes, gritos, quihúboles, vulgaridades, felices-los-ojos, quémilagrazos. Detestaba la familiaridad. Era dueño de un pequeño espacio intocable en torno a su persona menuda, morena, escrupulosa. Que se lo respetaran.

Su verdadera familiaridad era con lo que contenía su casa. Todas las tardes se deleitaba en mirar, admirar, tocar, retocar, a veces acariciar, los objetos, las lámparas Tiffany y los ceniceros, estatuillas y marcos de Lalique. Estas cosas le daban especial satisfacción pero poseía también todo un mobiliario art deco, lunas redondas en mesas de boudoir plateadas, altas lámparas tubulares de aluminio, la cama con respaldo de estaño bruñido, toda su recámara blanca, de raso, seda, teléfono blanco, piel de oso polar, muros de laca color marfil deslavada.

Dos eventos marcaron su vida de hombre joven. Una visita a Hollywood, donde el cónsul mexicano en Los Ángeles le consiguió visitar el set de *Cena a las ocho*. Estuvo en la recámara blanca de Jean Harlow y vio de lejos a la actriz. Todo allí era un sueño platinado. Y en Eden Roc conoció a Cole Porter cuando acababa de componer *Just One of Those Things* y a Scott Fitzgerald con Zelda cuando escribía *Tierna es la noche*. Salió en una foto con Porter pero no con los Fitzgerald, ese verano en la Riviera. Una foto de camarita de cajón, sin necesidad de flash. En la recámara del hotel Negresco conoció en la oscuridad a una mujer desnuda. Ni él ni ella sabían quién era el otro. Súbitamente, la mujer fue iluminada por la luz de la luna como por la luz del día, como si la luna fuese el sol, un foco desnudo, impúdico, sin la hoja de parra que son las pantallas.

La visita a la Costa Azul era motivo constante de memorias en las reuniones sabatinas. Federico Silva jugaba con destreza el mah–jong y tres de los jugadores habituales, María de los Ángeles, Perico y el Marqués, habían estado con él ese verano. Todo era memorable menos eso, el amor, la muchacha rubia que se parecía a Jean Harlow. Si alguno de los amigos sentía que otro se iba a meter en ese territorio vedado, le dirigía una mirada cargada de advertencias atmosféricas. Entonces todos cambiaban de tema, evitaban las nostalgias, retomaban sus discursos normales sobre la familia y el dinero.

—Las dos cosas son inseparables —les decía Federico Silva durante el juego—. Como no tengo familia inmediata, cuando yo desaparezca el dinero se irá a otra parte, a otra familia lejana. Qué chistoso.

Pedía perdón por hablar de la muerte. Del dinero no. Cada uno de ellos había tenido la suerte de apropiarse oportunamente una parcela de la riqueza de México, minas, bosques, tierras, ganado, cultivos y convertirla rápidamente, antes de que cambiara de manos, en lo único seguro: bienes raíces en la Ciudad de México.

Federico Silva pensó con cierto ensueño en las casas que tan puntualmente le producían rentas, los viejos palacios coloniales de las calles de Tacuba, Guatemala, La Moneda. Nunca los había visitado. Desconocía por completo a la gente que vivía allí. Quizás un día le preguntaría a los cobradores de rentas que le contaran, ¿quién vive en esos antiguos palacios, cómo son esas gentes, se dan cuenta de que habitan las más nobles mansiones de México?

Jamás explotaría un edificio nuevo, como esos que le quitaban el sol y le desnivelaban su propia casa. Esto se lo había jurado a sí mismo. Lo repitió, con una sonrisa, cuando pasaron a la mesa, ese sábado del mah-jong en su casa. Todos sabían que ser recibidos por Federico Silva era un honor muy especial. Sólo él tenía esos detalles, plano de la mesa en cuero rojo, los lugares dispuestos de acuerdo con el protocolo más estricto —rango, edad, antiguas funciones— y la tarjeta con el nombre de cada invitado en el lugar preciso, el menú escrito a mano por el propio anfitrión, la forma impecable de Dondé para servir la mesa.

La máscara oriental de Federico Silva apenas se quebró en un gesto irónico cuando recorrió esa noche la mesa con la mirada, contando a los ausentes, a los amigos que le habían precedido. Se acarició las manitas de mandarín de porcelana: ah, no había protocolo más implacable que el de la muerte, ni precedencia más estricta que de la tumba. La araña de Lalique iluminaba perversamente, desde muy alto y en vertical, los rostros goyescos de los comensales, la carne de flan cuajado, las comisuras hendidas, los ojos huecos de sus amigos.

¿Qué habrá sido de la muchacha rubia que se desnudó una noche en mi cuarto del hotel Negresco?

Dondé comenzó a servir la sopa y su perfil maya se interpuso entre Federico Silva y la señora sentada a su derecha, su amiga María de los Ángeles Negrete. La nariz le nacía al criado a mitad de la frente y los pequeñísimos ojos miraban bizco.

—Qué extraordinario —comentó Federico Silva en francés—, ¿se dan cuenta de que este tipo de perfil y de ojos eran los signos de belleza física entre los mayas? Para lograrlo, les aplastaban las cabezas al nacer y les obligaban a seguir el movimiento pendular de una canica sostenida por un hilo. ¿Cómo es posible que siglos más tarde se sigan heredando dos rasgos impuestos artificialmente?

—Es como heredar una peluca y unos dientes postizos —rió como yegua María de los Ángeles Negrete.

El perfil de Dondé entre el anfitrión y la invitada, el brazo ofreciendo la sopera, el cucharón colmado, la ofensa inesperada del sudor de Dondé, se lo había advertido de una vez por todas, báñate después de hacer la cocina y antes de servir, a veces es imposible, señor, no alcanza el tiempo, señor.

—¿Los tuyos o los de mi madre, María de los Ángeles?

—¿Perdón, Federico?

—La peluca. Los dientes.

Alguien empujó el cucharón, Federico Silva, Dondé o María de los Ángeles, quién sabe, pero la ardiente sopa de garbanzos fue a perderse por el escote de la señora, los gritos, cómo es posible, Dondé, perdón, señor, le aseguro, yo no, ay las tetas de queso cuajado de María de los Ángeles, ay el chicharrón de chichi, báñate Dondé, me ofendes, Dondé, la peluca y los dientes de mi madre, la rubia desnuda, Niza...

Despertó con un espantoso sobresalto, la angustia de un esfuerzo desesperado por recordar lo que acababa de soñar, la certeza de que jamás lo lograría, otro sueño perdido para siempre. Ebrio de tristeza, se puso la bata china y salió al balcón. Respiró profundamente. Husmeó en vano los olores de la mañana siguiente. Los limos de la laguna azteca, la espuma de la noche indígena. Imposible. Como los sueños, los perfumes perdidos se negaban a regresar.

—¿Pasa algo señor?

—No, Dondé.

—Oí gritar al señor.

—No fue nada. Sigue durmiendo, Dondé.

—Como mande el señor.

—Buenas noches, Dondé.

—Buenas noches, señor.

III

—Desde que te conozco eras de lo más cuidadosito para escoger la ropa que te pones, Federico.

Nunca le perdonó a su vieja amiga María de los Ángeles que una vez lo tratara con burla, buenos días monsieur Verdoux. Quizás había algo de chaplinesco en la elegancia anticuada, pero sólo cuando disfrazaba una disminución de fortuna. Y Federico Silva, lo sabían todos, no era alguien venido a menos. Simplemente, como toda persona de verdadero gusto, sabía escoger las cosas para que durasen. Un par de zapatos o una casa.

—Ahorra luz. Acuéstate temprano.

Jamás usaría al mismo tiempo bastón y polainas, por ejemplo. En su paseo diario de la calle de Córdoba al restaurant Bellinghausen, se cuidaría de equilibrar el efecto llamativo de un saco color ladrillo con cinturón Buster Brown, que se mandó hacer en 1933, gracias al impermeable indescriptible que, con estudiada *sans façon*, le colgaba del brazo. Y sólo en los contados días de auténtico frío se pondría el bombín, el abrigo negro, la bufanda blanca. Lo sabía muy bien: a sus espaldas, sus amigos murmuraban que esta perpetuación del guardarropa era sólo la prueba más humillante de su dependencia. Con lo que le pasaba doña Felícitas, tenía que hacer durar las cosas 20 o 30 años...

—Ahorra luz. Acuéstate temprano.

Entonces, ¿por qué después de la muerte de doña Felícitas seguía usando la misma ropa vieja? Eso jamás se lo preguntaban, ahora que él era el titular de la fortuna. Dirían que doña Felícitas lo deformó, convirtió la necesidad en virtud. No, su mamá sólo fingía la ruindad. Todo empezó con esa frase dicha en un tono de broma hiriente, ahorra luz acuéstate temprano, que doña Felícitas empleó una noche para despistar, para conservar las apariencias, para no darse por enterada de que su hijo ya era grande, salía de noche sin pedirle permiso, se atrevía a dejarla sola.

—Si te mantengo, lo menos que puedo esperar es que no me dejes sola, Fede. Puedo morirme en cualquier instante, Fede. Ya sé que aquí se queda Dondé, pero no me gusta la idea de morir en brazos de un criado. Está bien, Fede. De veras ha de ser como tú dices, un compromiso muy muy importante como para que abandones a tu madre. Abandones, sí, esa es la palabra. Ojalá compenses el daño que me haces, Fede. Tú sabes cómo. Prometiste seguir este año los ejercicios espirituales del padre Téllez. Hazme ese pequeño favor, Fede. Ahora voy a colgar. Me siento muy fatigada.

Colgaba el teléfono blanco, sentada en la cama con respaldo de estaño bruñido, rodeada de almohadones blancos, cubierta por las pieles blancas, la gran muñeca anciana, el polichinela lechosa, polveándose con grandes aspavientos la cara harinosa en la que los ojos flameantes, la boca anaranjada, las mejillas rojas eran cicatrices obscenas, manipulando con *panache* la borla blanca, envolviéndose en una nube perfumada y tosijosa de polvos de arroz, talcos aromáticos, la cabeza calva protegida por una cofia de seda blanca. De noche, la peluca de rizos negros, tiesos, brillantes, era colocada sobre la cabeza de tela rellena de algodón del maniquí sin cuerpo en el tocador plateado, como las pelucas de las antiguas reinas.

A veces, Federico Silva gustaba de introducir un toque fantástico en sus conversaciones con los amigos del sábado. Nada hay más satisfactorio que un público agradecido y María de los Ángeles se espantaba fácilmente. Esto halagaba mucho a Federico Silva. María de los Ángeles era mayor que él, de niño la había amado, había llorado por ella cuando la preciosa muchacha de 17 años prefirió ir al baile Blanco y Negro con muchachos mayores y no con él, el amiguito devoto, el rendido admirador de aquella perfección rubia, esa piel color de rosa, esos tules vaporosos y listones de seda que escondían y ceñían sus formas deseables, lindísima María de los Ángeles, ahora se parecía a la reina María Luisa de Goya. ¿Se daba cuenta de que al espantarla Federico Silva le seguía rindiendo homenaje, igual que a los 15 años, el único homenaje posible: ponerle la piel de gallina?

—Ven ustedes, supuestamente la guillotina fue inventada para evitarle dolores a la víctima. Pero el resultado fue exactamente el contrario. La velocidad de la ejecución, en realidad, prolongó la agonía de la víctima. Ni la cabeza ni el cuerpo tienen tiempo de acostumbrarse a su separación. Creen que siguen unidos y la conciencia de que ya no lo están tarda varios segundos en hacerse patente. Esos segundos, para la víctima, son siglos.

¿Se daba cuenta la anciana con risa de yegua, dientes largos, pechos de requesón tan cruelmente iluminada desde arriba por la lámpara Lalique que sólo podía favorecer a Marlene Dietrich, sombras acentuadas, cavidades fúnebres, misterio alucinante? Cabezas cortadas por la luz.

—Decapitado, el cuerpo se sigue moviendo, el sistema nervioso sigue funcionando, los brazos se agitan y las manos imploran. Y la cabeza cortada, llena de sangre agolpada en el cerebro, alcanza el máximo grado de lucidez. Los ojos desorbitados miran al verdugo. La lengua acelerada impreca, recuerda, niega. Y los dientes muerden ferozmente la canastilla. No hay un solo canasto usado al pie de una guillotina que no esté mordisqueado como por una legión de ratas.

María de los Ángeles lanzaba una exhalación desmayada, el marqués de Casa Cobos le tomaba el pulso, Perico Arauz le ofrecía un pañuelo empapado en agua de colonia, Federico Silva salía al balcón de su recámara a las dos de la mañana, cuando todos se habían ido, pensaba cuál sería el siguiente cadáver, el próximo muerto que le permitiese reclamar una parcela más de sus recuerdos. También se podía ser rentista de la memoria pero la única manera de cobrarla era la muerte ajena. ¿Qué recuerdos desataría su propia muerte? ¿Quién lo recordaría? Cerraba las ventanas del balcón y se acostaba en la cama blanca que fue de su madre. Intentaba dormirse contando a la gente que lo recordaría. Era tan poca, a pesar de ser toda gente conocida.

Desde que murió doña Felícitas, Federico Silva empezó a preocuparse de su propia muerte. Dio instrucciones a Dondé:

—Cuando descubran mi cuerpo, antes de avisarle a nadie, pones a tocar este disco.

—Sí, señor.

—Míralo bien. No te equivoques. Aquí lo dejo encimita.

—Pierda cuidado, señor.

—Y abres este libro sobre mi mesita de noche.

—Como mande señor.

Que lo encontrasen muerto mientras escuchaba la *Inconclusa* de Schubert y con *El misterio de Edwin Drood* de Dickens abierto junto a su cabecera... Esta era la menos elaborada de sus fantasías póstumas. Decidió escribir cuatro cartas. En una de ellas se describía a sí mismo como suicida, en otra como condenado a muerte, en la tercera como enfermo incurable y en la cuarta como víctima de un desastre natural o humano. Esta es la que ofrecía mayores problemas. ¿Cómo sincronizar los tres factores: su muerte, el envío de la carta y el terremoto en Sicilia, el huracán en Cayo Hueso, la erupción volcánica en la Martinica, el accidente aéreo en...? En cambio, las otras tres podía enviarlas a personas en lugares apartados de la tierra, pedirles que apenas supieran de su muerte le hicieran el favor de expedir esas tres cartas escritas por él, firmadas por él, dirigidas a sus amigos, la del suicida a María de los Ángeles, la del condenado a muerte a Perico Arauz, la del enfermo incurable al marqués de Casa Cobos. Qué confusión, qué incertidumbre, qué duda eterna: ¿éste que aquí velamos, que aquí enterramos, era realmente nuestro amigo Federico Silva? Sin embargo, la confusión y la incertidumbre ajenas y previsibles nada eran al lado de las propias. Mientras releía las tres cartas que ya había escrito, Federico se dio cuenta de que sabía perfectamente bien a quiénes enviarlas, pero no a quiénes pedirles que le hicieran el favor de enviarlas. No había vuelto a salir al extranjero desde aquel viaje a la Costa Azul. Cole Porter había muerto sonriendo, los Fitzgerald y Jean Harlow llorando, ¿quién iba a enviarle las cartas? Recordó, vio a sus amigos Perico, el Marqués, María de los Ángeles, jóvenes, en traje de baño, en Eden Rock, hace 40 años… ¿Dónde estaba la muchacha que se parecía a Jean Harlow, ella era su única aliada secreta, ella le compensaría en la muerte del dolor, de la humillación que le reservó en vida?

—¿Y quién demonios eres tú?

—Yo mismo no lo sé cuando te miro.

—Perdón. Me equivoqué de cuarto.

—No. No te vayas. Yo tampoco te conozco.

—Suéltame o grito.

—Por favor…

—¡Suéltame! Ni aunque fueras el último hombre sobre la Tierra. ¡Chino cochino!

El último hombre. Dobló cuidadosamente las cartas antes de devolverlas a sus sobres. La mano pesada cayó sobre su hombro, tan frágil, con un estruendo de pulseras, cadenas, metal chocando contra metal.

—¿Qué guardas en los sobres? ¿Tu lana, viejales?

—¿Es él?

—Segurolas. Si lo vemos pasar todos los días frente al merendero.

—Nomás que de batita de Fu Manchú no lo conocíamos.

—De bastón sí.

—Y de baberitos sobre los cacles, ah que la chingada.

—Mira viejales, no te asustes. Aquí mis cuates el Barbero y la Pocajonta. Yo el Artista, a tus órdenes. Palabra que no te vamos a hacer daño.

—¿Qué quieren?

—Puras cosas que a ti no te sirven, de plano.

—¿Cómo entraron?

—Que te lo cuente el joto cuando despierte.

—¿Cuál joto?

—Ese que te hace los mandados.

—Lo noqueamos bien padre, ah que la…

—Siento defraudarlos. No tengo dinero en la casa.

—Te digo que no andamos detrás de tu pinche lana. Esa te la metes por donde te quepa, viejales.

—Artista, no pierdas tiempo con explicaciones. ¿Empezamos?

—Zás.

—Mira Barbero, tú entretén el carcas mientras la Poca y yo descolgamos.

—Simón.

—¿Los demás se quedan abajo?

—¿Los demás? ¿Cuántos son?

—Ah que la, no me hagas reír, carcas, oye manís, dice que cuántos somos, ah que la.

—Acércatele, Pocajonta, que te mire bien la careta, enséñale bien los dientes, hazle cuzicús con la trompita, así, mi Pocajonta, dile cuántos somos, carajo.

—¿Nunca nos has mirado cuando pasas frente al merendero, viejito?

—No. Nunca. No me ocupo de…

—Ahí está el detalle. Debías de fijarte más en nosotros. Nosotros sí nos fijamos en ti, llevamos meses fijándonos, ¿verdad, Barbero?

—Cómo no. Años y felices días, Pocajonta. Yo que tú me sentiría de lo más ofendida, palabra, de que el viejales no se haya fijado en ti, tú tan cuero, tú tan a todo dar, con tus andares de Tongolele de la nueva onda, nomás.

—Ves, Fu Manchú, me has ofendido. Nunca te has fijado en mí. Te apuesto que ahora sí nunca me vas a olvidar.

—Ya déjense de vaciladas, compais. A ver qué encuentras en los roperos, Poquita. Luego suben los muchachos a llevarse los muebles y las lámparas.

—Tú dices, Artista.

—Te digo que entretengas al viejito, Barbero.

—A ver, a ver, nunca he rasurado a un caballero tan distinguido, como quien dice.

—Mira nomás Artis, la sombreriza del Momias, la zapatiza, qué bruto, ni que fuera ciempiés el viejito cochino.

—Podrido está.

—¿Qué quieren?

—Que te estés quieto. Déjame enjabonarte bonito.

—No me toque usted la cara.

—Uy, primero no nos miras y ahora no me toques. Si serás delicado, Momis…

—Miren muchachos y no se queden ciegos.

—¡Qué bruta, Pocajonta! ¿Dónde encontraste esas boas?

—En la fonda de al lado. Hay tres roperos llenos de tacuches antiguos, la lotería, manizales. Collares, sombreros, medias azules y rojas, lo que sus mercedes gusten y manden, por mi mamacita se los juro.

—No se atrevan. No toquen las cosas de mi madre.

—Estése silencio, don Momias. Palabra que no le vamos a hacer daño. ¿Qué más le da? Son puras cosas que a usted no le importan, cosas viejas, todas sus lámparas y ceniceros y demás cachivaches, ¿pa'qué chingaos le sirven, a ver?

—Ustedes no entenderían, salvajes.

—Oyes manís, mira qué feo nos dijo.

—N'hombre, es una flor. ¿Qué, porque nomás uso mi chaleco de cuero y nada debajo y tú porque te pones plumas en la cabeza, Poquita, parecemos nacos salvajes, de a tiro la última carcajada de los aztecas? Pos ve nomás, don Momia, que de aquí salimos ajuareados yo con tus tacuches y mi Poquita con los de tu mamacita, que nomás a eso venimos.

—¿A robarse la ropa?

—Todo, viejillo, tu ropa, tus muebles, tus cucharas, toditito.

—Pero por qué, qué valor puede tener…

—Ahí está el detalle. La polilla se puso de moda.

—¿Van a vender mis cosas?

—Uy, en la Lagunilla esto se vende mejor que el Acapulco Gold, lo que vamos a sacar por esta chachariza, vejete…

—Primero te reservas las cosas que te gustan, mi Poca linda, el mejor collar, la boa más chillona, lo que mejor te cuadre, mi culito con perro.

—No vaciles, Artista. No me pongas caliente, que se me antoja esa camota blanca y voy a querer quedarme con ella pa'que cojamos bonito tú y yo.

—¿Más?

—Hasta ahí. Tópese con pared y no sea cabrón, mi Artista.

—Tú entretenlo, Barbero.

—Miren qué bonito lo puse, todo enjabonado de su carita, si parece Santiclós.

—No me toque usted más, señor.

—¿Quequé? A ver, voltéese un poquito pa'que lo rasure bien.

—Le digo que no me toque.

—Muévame la cabecita para la izquierda tantito, sea bueno.

—¡No me toque la cabeza, me está despeinando!

—Chuchú, a la meme lolo, quietecito mi cuás.

—Pobres mendigos.

—¿Qué dices, viejo boinas?

—¿Méndigos nosotros?

—Méndigos los que piden, ñaco viernes. Nosotros tomamos.

—Ustedes son la lepra, la fealdad, los chancros.

—¿Quequé, vejestorio? Oyes Artista, ¿estará grifo el ñaco este?

—N'hombre nomás le arde estar tan viernes y nosotros tan chavos.

—La puta que los parió, a todos ustedes, cucarachas, ratas, piojos.

—Cuidado, Fu Manchú, ya sabes que con la mamacita no, de plano eso sí que no…

—Cuidado, Barbero.

—Usted, el que le dicen Barbero, usted…

—¿Sí mi ñaquito?

—Usted es el más asqueroso hijo de puta que he conocido en mi vida. Le prohíbo que vuelva a tocarme. Si quiere, mejor tóquele el coño a su puta madre que lo parió.

—Ah que la chingada, ora sí… ya la regamos.

IV

Entre los papeles de Federico Silva, fue encontrada una carta dirigida a doña María de los Ángeles Valle viuda de Negrete. El albacea se la hizo llegar y la vieja señora, antes de leerla, pensó un rato en su amigo y los ojos se le llenaron de lágrimas. Apenas una semana de muerto y ahora esta carta, escrita, ¿cuándo?

Abrió el sobre y sacó el pliego. No tenía fecha aunque sí lugar de origen: Palermo, Sicilia, sin fecha. Federico hablaba de la serie de leves temblores que se habían sucedido durante los últimos días. Los expertos anunciaban el gran terremoto, el peor conocido por la isla desde el muy terrible del año 1964. Él, Federico, tenía la premonición de que aquí terminaría su vida. No había obedecido las órdenes de evacuación. Su caso era singular: una voluntad de suicidio anulada por una catástrofe natural. Estaba escondido en su cuarto de hotel, mirando el mar siciliano, espumoso como dijo Góngora, y qué bien, qué apropiado para él, morir en un lugar tan bello, lejos de la fealdad, la falta de respeto, la mutilación del pasado: todo lo que más detestó en vida…

Querida amiga, ¿recuerdas a aquella muchacha rubia que armó un escándalo en el Negresco? Puedes pensar, con razón, que soy tan simple, que mi vida ha sido tan monótona, que me quedé para siempre embelesado por la imagen de una mujer bellísima que no quiso ser mía. Me doy cuenta de la manera como tú, Perico, el Marqués y todos los amigos evitan el tema. Pobre Federico. Su única aventura se le frustró, luego se hizo viejo al lado de una madre tiránica, ahora se murió.

Tendrán ustedes razón por lo que hace al meollo del asunto, mas no por lo que se queda en apariencias. Esto nunca se lo he dicho a nadie. Cuando le rogué a esa muchacha que se quedara, que pasara la noche conmigo en el hotel, se negó, me dijo 'Ni aunque fueras el último hombre de la Tierra'. Esa frase tan hiriente, ¿lo creerás?, me salvó. Sencillamente, me dije que nadie es el último hombre ante el amor, sólo ante la muerte. Sólo la muerte puede decirnos: Eres el último. Nada más, nadie más, María de los Ángeles.

Esa frase fue capaz de humillarme, mas no de amedrentarme. Y si nunca me casé fue por miedo, lo admito. Sentí terror de prolongar en mis hijos lo que mi madre me impuso. Esto lo deberías saber tú; nuestra educación fue muy similar. Pero yo no tuve oportunidad de educar mal a los hijos que nunca tuve. Tú, en cambio, sí. Perdona mi franqueza. La situación, creo, la autoriza. Llámalo, en todo caso, como quieras: temores religiosos, avaricias cotidianas, disciplinas estériles.

Claro que esta cobardía se paga cuando tus padres han muerto y tú mismo, como es mi caso, no tienes descendencia. Perdiste para siempre la oportunidad de darles a tus hijos algo mejor o algo distinto de lo que tus padres te dieron a ti. No sé. Lo cierto es que se corre el riesgo de la insatisfacción y el error, hágase lo que se haga. A veces, si eres católico, como yo, y te has visto obligado a llevar a una muchachita al doctor para que la operen o, peor tantito, le mandas el dinero con tu criado para que se haga abortar, sientes que has pecado. Esos hijos que nunca tuvo uno, ¿se salvaron de venir a un mundo feo y cruel? O todo lo contrario, ¿te echan en cara que no les hayas brindado los riesgos de la vida, te llaman asesino, cobarde? No sé.

Temo de veras que esta imagen titubeante sea la que ustedes recuerden. Por eso te escribo ahora, antes de morir. Tuve siempre un amor, sólo uno, tú. El amor que sentí por ti a los 15 años lo seguí sintiendo toda mi vida, hasta morir. Te lo puedo decir ahora. En ti conjugué la necesidad de mi celibato y la necesidad de mi amor. No sé si me entenderás. Sólo a ti podía amarte siempre sin traicionar todos los demás aspectos de mi vida y sus exigencias. Siendo lo que fui, tenía que amarte a ti como te amé: constante, silente, nostálgico. Pero porque te amé a ti, fui como fui: solitario, distante, apenas humanizado por cierto sentido del humor.

No sé si me hago entender o si yo mismo supe entenderme profundamente. Todos creemos conocernos a nosotros mismos. Nada más falso. Piensa en mí, recuérdame. Y dime si puedes explicarte lo que ahora te digo. Acaso sea el único enigma de mi vida y muero sin descifrarlo. Todas las noches, antes de acostarme, salgo al balcón de mi recámara a tomar aire. Trato de respirar los presagios de la mañana siguiente. Había logrado ubicar los olores del lago perdido de una ciudad, también, perdida. Con los años, me va resultando cada vez más difícil.

Pero no ha sido ese el verdadero motivo de mis salidas al balcón. A veces, parado allí, me pongo a temblar y temo que una vez más esa hora, esa temperatura, ese eterno anuncio de tormenta, aunque sea de polvo, que cuelga sobre México, me haga reaccionar visceralmente, como un animal, domesticado en este clima, libre en otro, salvaje en una latitud muy distante. Temo que regrese, con la oscuridad o el relámpago, la lluvia o la tolvanera, el fantasma de un animal que pude ser yo o el hijo que nunca tuve. Había una bestia en mis tripas, María de los Ángeles, ¿puedes creerlo?

La vieja señora lloró mientras guardó la carta en el sobre. Se detuvo un instante, horrorizada, recordando la historia de la guillotina con que Federico la espantaba los sábados. No, se negó a ver el cadáver, el cuello rebanado por la navaja de afeitar. Perico y el Marqués, los muy morbosos, ellos sí.

4

El hijo de Andrés Aparicio

a la memoria de Pablo Neruda

No tiene santuario alguno, ningún techo.
Carta de Milena

El lugar

No tuvo nombre y por eso no tuvo lugar. Otras colonias fueron nombradas. Esta no. Como por descuido. Como si un niño hubiera crecido sin ser bautizado. Peor tantito: sin ser nombrado siquiera. Fue una como complicidad de todos. ¿Para qué nombrar este barrio? Puede que alguien dijo, sin pensarlo mucho, que nadie viviría demasiado tiempo aquí. Fue un lugar pasajero, como las chozas de cartón y lámina corrugada. El viento se coló por las paredes de bagazo mal ensamblado; el sol se quedó a vivir para siempre sobre los techos de lámina. Esos eran los habitantes de veras de este lugar. La gente vino aquí por distracción, medio atarantada, sin saber por qué, porque peor es nada, porque este llano de matorrales enanos, hierbas cenizas y gobernadoras fue la frontera siguiente, después del barrio anterior que ese sí tuvo nombre. Aquí ni nombre ni desagüe y la luz eléctrica se la robaron de los postes, conectando los alambres de sus focos a la corriente pública. No le pusieron nombre porque se imaginaron que estaban allí de paso. Nadie se sentó sobre su propio terreno. Eran paracaidistas y sin decirlo se pusieron de acuerdo en que no opondrían resistencia al que viniera a

91

sacarlos de allí. Se irían a la siguiente frontera de la ciudad. De todos modos el tiempo que pasaran aquí sin pagar renta sería tiempo ganado, un respiro. Muchos de ellos vinieron de colonias más acomodadas, con nombres, San Rafael, Balbuena, Canal del Norte, hasta Nezahualcóyotl que ya tenía 2 millones de gentes viviendo mal que bien allí con una iglesia de cemento y uno que otro supermercado. Vinieron porque ni en esas ciudades perdidas pudieron juntar los cabos y se negaron a sacrificar la última apariencia decente, se negaron a ir a dar por los rumbos de los pepenadores de basura o los areneros de las Lomas. Bernabé tuvo una idea. Que este lugar no tuvo nombre porque era algo así como todo lo que fue la ciudad grande, aquí estaba lo peor de la ciudad y puede que lo mejor también, trató de decir y por eso no pudo tener un nombre especial.

No lo pudo decir porque las palabras siempre le costaron reteharto.

Su madre conservó un espejo antiguo y se miró en él muchas veces. Pregúntale Bernabé si miró el barrio, la ciudad perdida con sus costras de tierra sepultada en el invierno, sus remolinos de polvo en la primavera y en el verano sus lodazales de lluvia confundidos por fin con los arroyos de excremento que corrieron el año entero buscando la salida que nunca hallaron. ¿De dónde viene el agua, mamá? ¿A dónde va la mierda, papá? Bernabé aprendió a respirar más despacio para tragarse el aire negro, aplastado bajo las nubes frías, aprisionado entre el circo de montañas. Un aire vencido que apenas logró ponerse de pie, tambaleándose en el llano, buscando las bocas abiertas. No le dijo a nadie su idea porque las palabras nunca le salieron. Se le quedaron todititas adentro. Las palabras le costaron mucho, porque lo que su madre dijo nunca tuvo nada que ver con lo que pasó, porque los tíos rieron y aullaron a fuerzas como para sentirse bien por obligación una vez a la semana antes de regresar al banco y a la gasolinera pero sobre todo porque ya no recordó la voz de su padre. Llevaban 11 años viviendo aquí. Nadie los había molestado, nadie les había corrido. No tuvieron que oponerle resistencia a nadie. Hasta se murió el viejo ciego que le cantaba a los postes con su guitarra el corrido de la luz eléctrica, *luz eléctrica refulgente y luminosa*. ¿Por qué, Bernabé? El tío Rosendo dijo que era una burla. Habían venido de paso y se habían quedado 11 años. Y si se habían quedado 11 años, se iban a quedar para siempre.

—Sólo tu papacito se peló a tiempo, Bernabé.

El padre

Lo recordaron por los tirantes. Nunca dejó de usarlos, como si de ellos dependiera su salvación. De ellos dijeron que se prendió a la vida y que ojalá hubiera sido como ellos, se hubiera estirado un poquito más. Vieron que la ropa se le hizo vieja pero los tirantes no; fueron siempre nuevos, brillosos, con hebillas doradas. Los tirantes fueron como su gentileza, proverbial dijeron los viejos que todavía usaban palabras como esa. No, le dijo el tío Richi, terco como las mulas y arrastrando su decepción, así fue tu padre. En la escuela Bernabé tuvo que pelearse con un grandulón sabroso que le preguntó por su papá y Bernabé dijo se murió y el grandulón se rió y dijo eso dicen todos, la mera verdad es que ningún padre se muere nunca, lo que pasa es que tu papá te abandonó o a la mejor nunca lo conociste, ni eso, se cogió a tu mamá y la abandonó cuando tú ni nacías. Terco pero buena gente, dijo el tío Rosendo, ¿te fijaste?, si no sonreía, se veía viejo, por eso sonreía sin razón todito el tiempo ah qué guasón el marido de la Amparito ríe que te ríe sin razón cual ninguna, con esa amargura adentro de haber sido un joven pasante de agronomía que lo mandaron muy ciruelito a ocuparse de una cooperativa en un pueblo del estado de Guerrero, recién casado con tu mamacita Bernabé. Cuando llegó el lugar estaba quemado, muchos cooperativistas asesinados y las cosechas robadas por el cacique y los dueños de los camiones. Tu padre quiso reclamar, dizque iba a poner en marcha a la autoridad central y a la suprema corte, lo que no dijo, lo que no prometió, lo que no intentó. Era su primer trabajo y el mar se le hacía chiquito para un buche de agua. Pues ahí tienes que apenas se las olieron que iban a venir extraños a remediar las injusticias y los crímenes, todos se juntaron, las víctimas lo mismo que los verdugos, para negar la acusación de tu padre y hacerlo responsable a él. Entrometido, chilango lleno de ideas de justicia, empedrador de infiernos, qué no le dijeron. Ellos estaban aliados por viejas historias de rencillas, rivalidades y muertes pesadas. Las generaciones se encargarían de ir equilibrando las cosas. La justicia estaba en las familias, su honor y su orgullo, no en un ingenierito metiche. Cuando vino la autoridad federal, hasta los hermanos y las viudas de los muertos dijeron que el culpable era tu papá. Se rieron; que la justicia federal se las entienda con el agrónomo federal. Él nunca se recuperó de esta derrota, como quien dice. En la burocracia lo miraron con recelo por idealista y por incompetente y ya nunca avanzó. Al contrario, se quedó pasmado en un empleíto de escritorio, sin avances ni aumentos y con deudas sobre deudas, todo porque se le quebró algo allá adentro, se le apagó una lucecita en el corazón, así dijo él, sin dejar nunca de sonreír, estirándose los tirantes con los pulgares. Quién le manda. La justicia puede estar enemistada con el amor, dijo a veces, aquellas gentes se amaban hasta en el crimen y eso fue más fuerte que mi promesa de justicia. Era como ofrecerles una estatua de mármol de una bellísima diosa griega cuando ellos ya tenían su prieta feicita pero cariñosa y muy tibiecita entre las cobijas. ¿Para qué buscarle? Tu padre Andrés Aparicio se quedó pensando, sonriendo siempre, en las montañas del sur, en un pueblo perdido sin carretera ni teléfono donde el tiempo lo medían las estrellas, las noticias sólo llegaban por la memoria y lo único seguro es que todos iban a ser enterrados juntos, en la misma parcela vigilada por ángeles color de rosa y cempazúchiles secos y lo sabían. Ese pueblo se juntó y lo derrotó, mira nomás, porque la pasión une más que la justicia y tú también, Bernabé, ¿quién te pegó, por qué traes la boca rota y el ojo morado? Pero Bernabé no les iba a contar a sus tíos lo que le dijo el grandulón sabroso de la escuela ni cómo se agarraron a cates porque Bernabé no supo explicarle al grandulón quién era su padre Andrés Aparicio, las palabras nomás no le salían y por primera vez supo oscuramente, sin permitir que nada de esto se volviera claro, que si no había palabras entonces había cates. Pero la verdad es que hubiera querido decirle al abusón ese jijo de su chingada madre que su padre se murió porque sólo le quedaba esa dignidad, porque un muerto posee poder ante los vivos, aunque sea un muerto desgraciado. A un muerto se le respeta, ¿o qué carajos no?

La madre

Ella mantuvo ese vocabulario decente con mucho esfuerzo, en él debe haberse formado su carácter a la vez sentimental y frío, soñador y duro, como para hacer creíble su lenguaje que ya nadie hablaba en este barrio perdido. Sólo algunos viejos, los que hablaron de la proverbial gentileza de su marido Andrés Aparicio le dieron por su lado y ella insistió en poner un mantel en la mesa y los cubiertos en su lugar, dijo que nadie empezara hasta que todos estuvieran servidos y que nadie se levantara de la mesa mientras ella la mujer la esposa la señora de la casa no hiciese lo propio. Todo lo pidió por favor o pidió a los demás que no olvidaran el por favor. Su casa fue siempre la casa de usted, la casa del invitado, cuando aun vinieron invitados y hasta hubo cumpleaños, santos reyes y hasta una posada con peregrinos, velitas y piñata. Pero eso era cuando todavía vivía su marido Andrés Aparicio y traía su sueldo del Departamento Agrario; ahora sin pensión siquiera no alcanzó, ahora sólo vinieron los viejos que con ella decían palabras como esmerado y puntual, dispense y permítame, finezas y por descuidos. Pero también los viejos se fueron acabando. Llegaron con vastas familias unidas, tres y a veces cuatro generaciones ensartadas como un collar de abalorios pero en menos de 10 años ya sólo se veían jovencitos y niños y hubo que buscar como agujas en el proverbial pajar a los viejos que decían palabras bonitas. ¿Ella qué iba a hablar si sus viejos se le fueron muriendo todos?, pensó mirándose en el espejo de ondulante marco plateado que heredó de su madre cuando vivían todos juntos en las calles de República de Guatemala antes de que se descongelaran las rentas y el propietario don Federico Silva les aumentara sin piedad las suyas. Ella no pudo creer lo que el propietario mandó a decir, que eran exigencias de su mamá, que doña Felícitas era tiránica y avara, porque luego la vecina doña Lourdes le contó que la mamá del señor Silva se murió y sin embargo él no bajó las rentas, qué va. Cuando Bernabé tuvo edad de razón, trató de asociar las cortesías de su madre, el esmero de sus palabras en público con alguna forma de ternura pero no pudo. Sólo se ponía sentimental cuando hablaba de la pobreza o del padre; pero nunca se ponía más dura que cuando hablaba de lo mismo. Bernabé no supo qué significaban esos teatros de su mamá pero sí supo que a él no le tocaba lo que ella parecía decir, como si entre los actos y las palabras hubiera una barranca, tú eres un niño decente Bernabé no lo olvides nunca, evita rozarte con los peladitos de tu escuela, trátalos con distancia, recuerda que tú tienes un tesoro que no tiene precio, la buena cuna y las buenas costumbres. Sólo dos veces su mamá Amparo fue distinta. Una vez lo oyó a Bernabé por primera vez gritarle chinga tu madre a otro chiquillo en la calle y cuando el niño entró a la casucha ella se derrumbó sobre la mesita del tocador, juntó los puños sobre la frente y dejó caer el espejo al suelo diciendo Bernabé no pude darte lo que quería, tú merecías otra cosa, mira nomás dónde te tocó crecer y vivir, no es justo Bernabé. Pero el espejo no se rompió. Bernabé nunca le pidió razón. Entendió que cada vez que se sentó ante el tocador con el espejo en la mano y se miró de reojo a sí misma, acariciándose el mentón, dibujándose con un dedo silencioso la ceja, borrando con la palma de la mano el goteo del tiempo en los ojos, su mamá habló y esto le importó más que lo que ella dijo porque para Bernabé hablar fue siempre algo milagroso, se necesitó más coraje para hablar que para los trancazos porque los trancazos sólo ocuparon el lugar de las palabras. Cuando regresó del pleito en la escuela con el grandulón no supo si su mamá habló sola o si supo que por allí andaba él, detrás de una de las cortinas de manta que los tíos colocaron para separar los espacios de la pequeña casa que los domingos fueron sustituyendo poco a poco, cambiando cartón por adobe y adobe por ladrillo hasta darle cierto aire de decencia, como el que tuvieron cuando su padre de ellos fue el ayuda de campo del general Vicente Vergara, el famoso general Tompiates de las leyendas que los invitaba a desayunar menudo en el aniversario de la revolución mexicana, la fría madrugada del fin de noviembre. Ahora ya no; Amparito tuvo razón, los viejos se murieron y los jóvenes tuvieron caras tristes. Andrés Aparicio no, siempre sonrió para no verse viejo. Su proverbial gentileza. Sólo una vez dejó de sonreír. Un hombre aquí del barrio le dijo algo feo y tu papá lo mató a patadas, Bernabé. Nunca lo volvimos a ver. Mira hijito cómo te han puesto dijo por fin doña Amparo pobrecito hijo mío mira dónde te tocó pelear y dejó de mirarse en el espejo hasta ver a su hijo mi escuincle del alma mi chamaquito santo mira nomás por qué te pegan a ti santito mío y el espejo cayó al suelo de ladrillos nuevos y esta vez se rompió. Bernabé la miró sin asombrarse de la ternura que tan pocas veces le mostró. Ella lo observó como si entendiese que él entendió que no debía asombrarse de lo que siempre mereció o que la ternura de doña Amparo fue tan pasajera como el barrio perdido donde vivieron los últimos 11 años sin que nadie llegara con una orden de desalojo, al grado que los tíos se animaron a cambiar el cartón por adobe y el adobe por ladrillo. El muchacho se preguntó si su padre había muerto. Ella le dijo que nunca lo soñó. Le contestó con palabras exactas, dándole a entender a su hijo que su lado frío y preciso no fue vencido por la ternura. Mientras no soñara a su marido muerto, no lo daría por muerto, le dijo. Esa era toda la diferencia, se soltó, quiso ser lúcida y emotiva al mismo tiempo, ven y abrázame Bernabé te quiero mi monigotito adorado y óyeme bien. No mates nunca porque te paguen. No mates sin saberlo. Aprovecha la oportunidad de matar por tu razón, por tu pasión. Te harás limpio y fuerte. Nunca mates mi hijito sin ganarte un poco de vida para ti santo.

Los tíos

Fueron los hermanos de su mamá y ella los llamó los muchachos aunque los tres tenían entre 38 y 50 años. El tío
Rosendo fue el mayor y trabajó en un banco contando los billetes viejos que se devolvieron al gobierno para que los
quemara. Romano y Richi, el más joven, fueron empleados en
una gasolinera pero se vieron más viejos que Rosendo porque él se la pasó de pie casi todo el día y aunque ellos se
movieron para despachar clientes, engrasar y limpiar parabrisas, vivieron alrededor de una nevera llena de gaseosas y
las barrigas se les hincharon. En las horas muertas de la
gasolinera que quedaba por el rumbo de una nube de polvo
en el barrio de Iztapalapa desde donde no se veía bien nada
ni gente ni casas sino coches mugrosos y manos pagando
Romano bebió pepsis y leyó los periódicos de deportes pero Richi tocó la flauta sacándole sones sabrosos y calientes
y refrescándose de vez en cuando con su pepsi. Sólo los
domingos bebieron cervezas antes y después de irse al
campo yermo detrás de las casuchas de la colonia con sus
pistolas a matar conejos y sapos. Se pasaron los domingos
en eso y Bernabé los miró desde la parte de atrás de la casa,
trepado en un montón de tejas rotas. Rieron con una como
alegría babeante, limpiándose los bigotes con las mangas
después del trago de cerveza, codeándose, aullando como
coyotes cuando cayó muerto un conejo más grande que los
demás. Los vio luego abrazarse, palmearse las espaldas y
regresar arrastrando de las orejas a los conejos sangrientos
y Richi con un sapo muerto en cada mano. Mientras Amparo abanicó la cocina de brasas y les sirvió los elotes es-
polvoreados con chile y el arroz enjitomatado ellos se
disputaron porque Richi dijo que iba para los 40 y no quería morirse panzón y pendejo con perdón de Amparito en

una gasolinera propiedad del licenciado Tin Vergara que les hizo el favor por órdenes del viejo general y que en un cabaré de San Juan de Letrán le iban a dar audición para entrar como flautista a la orquesta tropical. Rosendo cogió enojado el elote entre las manos y Bernabé vio la lepra de sus dedos enfermos de tanto contar billetes sucios. Dijo que tocar la flauta era de maricas con perdón de Amparito y Richi le contestó que si era tan macho por qué nunca se había casado y Romano le dio un coscorrón entre cariñoso y enojado a Richi, porque se le quería escapar de la gasolinera donde era su única compañía pero dijo que porque entre los tres sostenían esta casa, a su hermana Amparo y al niño Bernabé por eso nunca se casaron, no iban a alimentar más de cinco bocas con lo que ganaban tres hermanos y ahora sólo dos si Richi se largaba con una banda danzonera. Se pelearon y Richi dijo que en la orquesta iba a ganar más, Romano que se lo iba a botar en viejas para apantallar qué sé yo a los de la marimba, Rosendo que por pinche que fuera con la venia de Amparito la pensión de Andrés Aparicio en algo ayudaría si por fin lo dieran por muerto y Amparo lloró y dijo que era su culpa claro y pidió disculpas. Todos la consolaron menos Richi que se acercó a la puerta y se quedó callado mirando el atardecer pardo del llano sin hacerle caso a Rosendo que volvió a hablar como el mayor de la familia. No es tu culpa Amparito pero tu marido pudo avisarnos si se murió o no. Todos trabajamos en lo que podemos mira mis manos Amparito crees que me divierte eso pero sólo tu marido quiso ser algo más (por mi culpa dijo la mamá de Bernabé) porque un barrendero o un elevadorista gana más que un burócrata pero tu marido quiso obtener carrera para tener pensión (por mi culpa dijo la mamá de Bernabé) pero para tener pensión hay que estar muerto y tu marido nomás se hizo humo Amparito. Allá afuera hay una enorme oscuridad gris dijo Richi desde la puerta y Amparito que su marido luchó como un caballero para evitar que todos nosotros nos hundiéramos en lo más bajo. ¿Qué tiene de bajo el trabajo?, dijo Richi con irritación y Bernabé lo siguió al llano lento y dormido en el crepúsculo con los olores fuertes de mierda seca y tortilla humeante y la imaginación de las plantas gobernadoras verdes y chaparras. El tío Richi tarareó el bolero de Agustín Lara *cabellera de plata, cabellera de nieve, ovillo de ternuras donde un rizo se atreve* mientras los aviones volaron bajo acercándose al aeropuerto internacional y las únicas luces eran las de una pista distante. Ojalá me acepten en la orquesta le dijo Richi a Bernabé mirando la bruma amarilla, en septiembre van a Acapulco a tocar en las fiestas patrias y puedes venir conmigo Bernabé. No nos vayamos a morir sin conocer el mar Bernabé.

Bernabé

A los 12 años dejó en secreto de ir a la escuela. Se acercó a la gasolinera donde trabajaban los tíos y ellos le dieron permiso de agarrar un trapo desgarrado y aventarse sobre los parabrisas de los coches sin pedir permiso, como parte del servicio: por pocos centavos que se ganen siempre es mejor que nada. En la escuela ni notaron su ausencia ni les importó. Las clases estaban repletas a veces con 100 niños y niñas y uno menos era un alivio para todos aunque nadie se enterara. A Richi siempre no lo aceptaron en la sonora tropical y le dijo Bernabé de plano vente a ganar unos centavos y no pierdas más tiempo o vas a acabar como tu pinche jefecito. Dejó de tocar su flauta y le firmó los cuadernos para que Amparo creyera que seguía en la escuela y así se selló la complicidad entre los dos que fue la primera relación secreta en la vida de Bernabé porque en la escuela él estuvo demasiado dividido entre lo que vio y escuchó en su casa donde su mamá habló siempre de decencia y buena cuna y malos tiempos como si hubiera otros que no fueran malos y cuando él quiso decir algo de esto en la escuela se encontró con miradas ciegas y duras. Una maestra lo notó y le dijo que aquí nadie daba o quería compasión porque la compasión era un poco como el desprecio. Aquí nadie se quejaba y nadie era superior a los demás. Bernabé no entendió pero le dio muina la maestra que se daba aires de entenderlo mejor de lo que él se entendía solito. Richi sí lo entendió, anda Bernabé gánate tus fierros y mira lo que puedes tener si eres rico mira ese Jaguar que viene entrando a la gasolinera jijos si por aquí pasa pura carcacha, ah es nuestro patrón el licenciado Tin echando vidrio a su negocio y mira esta revista Bernabé no te gustaría una vieja así para ti solito así han de ser las viejas del licenciado Tin mira qué tetas más ricas Bernabé imagina que le levantas la faldita y te pierdes allí entre sus muslos calientes como leche tibia Bernabé me lleva mira este anuncio de Acapulco nos jodimos Bernabé mira los chamaquillos ricos en sus alfarromeos Bernabé piensa cómo vivieron de niños, ahora de jóvenes, luego de viejos, con la mesa servida pero tú Bernabé tú y yo a fregarnos desde que nacimos, con la misma edad desde que nacimos, ¿a poco no? Le envidió al tío Richi la labia fácil porque a él las palabras le costaron mucho y como ya supo que cuando no hay palabras hay catorrazos se salió de la escuela para darse de catorrazos con la ciudad que por lo menos era muda como él, ¿no es cierto Bernabé que las palabras del grandulón abusador dolieron más que sus golpes? Si la ciudad pega al menos no habla. ¿Por qué no lees un libro Bernabé, le dijo esa maestra que le dio muina, te sientes inferior a tus compañeritos? No le pudo decir que sintió algo muy gacho cuando leyó porque los libros hablaron como su mamá. No entendió la razón y de tanto esperarla le dolió la ternura. En cambio la ciudad se dejó ver y querer y desear aunque al final de cuentas, corriendo por la Reforma, por Insurgentes, por Revolución y por Universidad a las horas del tránsito pesado, limpiando parabrisas, aventándose contra los coches, toreándolos, juntándose con los otros chamaquillos desempleados a jugar futbol con pelotas de papel periódico en llanos como el de su niñez, sudando humo de gasolina y meando riachuelos de lodo y robándose refrescos en esta esquina y chicharrones en aquella y colándose de oquis a los cines, se alejó de los tíos y de la madre, se hizo más independiente y mañoso y ganoso de todo lo que empezó a ver y empezó a hablarle, otra vez las cabronas palabras, no hubo manera de escaparse de ellas diciéndole cómprame, ténme, me necesitas en cada vitrina, en la mano de la mujer asomada por la ventanilla para darle 20 centavos sin una palabra para agradecer la limpiada veloz y profesional del parabrisas, en la mirada del niño bien que no lo miró al decirle no me toques mi parabrisas chamagoso, en los programas de televisión que pudo ver desde la calle, sin palabras, del otro lado del vidrio del aparador donde los vendieron, mudos, intoxicándole de deseos, haciéndose grande y pensando que no ganaba a los 15 años más que a los 12, fregando parabrisas con un trapo desgarrado en Reforma, Insurgentes, Universidad o Revolución a la hora del tránsito tupido, que no se acercó a ninguna de las cosas que le ofrecieron las canciones o los anuncios, que su impotencia se hizo larga larga y nunca terminó como los deseos del tío Richi de tocar la flauta en una sonora tropical y pasar el mes de septiembre en Acapulco volando con esquís sobre la bahía en tecnicolor, colgado de un paracaídas anaranjado sobre los palacios de los cuentos de hadas Hilton Marriott Holiday Inn Acapulco Princess. Su mamá cuando se enteró, se resignó ya no le recriminó nada, pero también se conformó con hacerse vieja. Sus pocos amigos viejos y remilgosos, un boticario viudo, una carmelita descalza, una prima perdida del ex presidente Ruiz Cortines vieron en su mirada la tranquilidad de una lección bien dada, de unas palabras bien dichas. No pudo dar más de sí. Se pasó horas mirando por los rumbos vacíos del horizonte.

—Oigo el viento y el mundo cruje.

—Muy bien dicho doña Amparito.

La encerrona

Le cogió odio al tío Richi porque salirse de la escuela y limpiar parabrisas en las grandes avenidas no lo hizo rico ni le dio todo lo que otros tenían sino que lo hizo más pinche que antes. Por eso los tíos Rosendo y Romano, cuando Bernabé cumplió 16 años, decidieron darle un regalo muy especial. ¿Dónde te figuras que nos la hemos pasado todos estos años, sin viejas?, le preguntaron, lamiéndose los bigotes. ¿Dónde crees que nos íbamos después de tirarles a los conejos y comer con tu mamá y contigo en la casa? Bernabé les dijo que de putas pero los tíos se rieron y dijeron que era de pendejos pagar por una vieja. Lo llevaron a una fábrica abandonada por el rumbo muerto y silencioso de Azcapotzalco con su terrible olor de gasolina podrida donde el velador les dejó entrar a cambio de un peso por cabeza y los tíos Rosendo y Romano lo empujaron por delante a un cuarto oscuro y cerraron la puerta detrás de ellos. Bernabé sólo pudo ver un relámpago de carnes morenas y luego tentar. Se quedó con la que le tocó, de pie los dos, ella apoyando la espalda contra la pared y él apoyado contra el cuerpo de ella, desesperado Bernabé, tratando de entender, sin atreverse a hablar porque esto que estaba pasando no necesitó palabras para ocurrir, seguro de que este placer desesperado se llamaba la vida y la tomó con las manos llenas, pasando de la lana dura y rasposa del suéter a la suavidad de los hombros y la crema de las tetas, del percal tieso de la falda a la arañita mojada entre las piernas, de las medias gruesas y agujeradas a las corvas de algodón azucarado. Lo distrajeron los mugidos de los tíos, sus faenas apresuradas y derrotadas pero se enteró que distrayéndose él todo duraba más y por fin logró hablar, asombrado de sí mismo, cuando le metió la pinga a la muchacha suave, derretida, cremosa que se colgó de él dos veces, con los brazos de su nuca, con las piernas de su cintura. ¿Cómo te llamas, yo soy Bernabé? Quiéreme le dijo, sé santo y bueno, monigotito le dijo igual que su mamá cuando fue tierna con él, ay papacito chulo qué chile me estás metiendo. Luego se quedaron sentados sobre el piso cuando los tíos empezaron a chiflar como lo hacían en la gasolinera, chiflidos de arriero, ya vámonos chamaco, órale, ya no te ensartes más, deja algo pal domingo entrante, que no te chupen los guevos estas mancornadoras ay sí mis devoradoras mis castradoras bay–bay ya estará maríafeliz. Le arrancó la medallita del cuello a la muchacha y ella gritó pero el sobrino y los tíos salieron demasiado rápido de la encerrona.

Martincita

La esperó desde muy temprano el domingo siguiente, apoyado contra la barda de la entrada de la fábrica. Todas fueron llegando muy mustias, exagerando la nota a veces con velos de misa o con canastas de mandado, otras no, más naturales, vestidas como criaditas de ahora con suetercitos de tortuga y pantalones de cuadritos. Ella llegó otra vez con la falda de percal y el suéter lanoso, fregándose los ojos contra la picazón del aire espeso y amarillo de la refinería de Azcapotzalco. Supo que era ella porque él se la pasó jugueteando con la medallita de la virgen, columpiándola con un movimiento constante de su muñeca, haciéndola girar para que el sol le diera en los meros ojos a la Lupita y ella se deslumbrara también, tuviera que detenerse y mirar y mirarlo y darle a entender, con un gesto delator de la mano llevada al cuello, que ella era ella. Era fea. De a tiro feicita. Pero Bernabé no pudo echarse para atrás. La medalla no dejó de mecerse en su mano y ella se acercó a tomarla sin decir palabra. Daba grima, con un pelo chamuscado por fierros de permanente mal usados y los dientes de oro mal puestos, devolviéndole su brillo a nuestra señora de Guadalupe y una cara aplastada de otomí. Bernabé le dijo que mejor se fueran a pasear pero no le salió preguntarle, ¿verdad que tú no lo haces por dinero? Dijo que se llamaba Martina pero todos le decían Martincita. Bernabé la cogió del codo y se fueron por la calzada hasta el Cementerio Español que es el único lugar bonito del rumbo, con sus grandes coronas de flores y sus ángeles de mármol blanco. Qué chulos son los camposantos dijo la Martincita y Bernabé se imaginó a los dos cogiendo dentro de una de esas capillas donde fueron enterrados los ricos. Se sentaron sobre una losa en letras doradas y ella sacó un alcatraz de un florero, lo olió y se llenó la punta chata de la nariz de polen anaranjado, se rió y luego hizo coqueterías con la flor blanca, cosquillas en sus narices y en las de Bernabé que se soltó estornudando. Ella se rió con sus dientes de mediodía eterno y le dijo que como él no hablaba nada ella le iba a contar todo de una vez, todas iban a la fábrica por gusto, había de todo, las que llegaron del campo como Martina y las que llevaban tiempo en la capital, eso era lo de menos, lo importante es que a la fábrica todas vinieron por su gusto, era el único lugar donde podían sentirse un ratito libres de los patrones gateros o de sus hijos o de los galanes de barrio que se aprovechan y luego si te vi no me acuerdo y por eso hay tantísimo escuincle sin papá, aquí a oscuras, sin conocerse, sin problemas qué sabroso era un ratito de amor cada semana, ¿no? la verdad es que a todas ellas les parecía bonito coger en lo oscuro sin que nadie se viera las caras ni supiera qué pasó o con quién pero ella de todas maneras estaba segura de que a los hombres que venían aquí en realidad no era esto lo que les interesaba sino sentir que las podían con las más débiles. En su pueblo eso es lo que le pasaba a las mujeres de los curas que pasaban por sus sobrinas o criadas que cualquier hombre se las cogía diciéndoles si no vienes te acuso con el cura cabrona. Antes dicen que les pasaba lo mismo a las monjas cuando los hacendados se metían a los conventos a cogerse a las hermanitas porque allí quién iba a repelar pues nadie. Esa noche de sus 16 años Bernabé no durmió pensando en una sola cosa: qué bonito habló la Martincita, a ella no le faltan las palabras, qué bien cogió también, tenía todo menos belleza, lástima que fuera tan ojete. Dieron por encontrarse en el Cementerio Español y coger los domingos en el mausoleo gótico de una familia de industriales muy mentada y ella le dijo que él era muy raro, muy niño siempre como si en su casa tuviera algo que no le correspondía a su pobreza y a su lengua trabada, quién sabe, no lo entendía, ella desde el rancho supo que sólo los hijos de los ricos tienen derecho a ser niños y luego crecer y hacerse grandes, ellos la gente como Martincita y Bernabé ya tenían que nacer grandes, tú y yo a fregarnos desde que nacimos Bernabé pero tú eres distinto, parece que quieres ser distinto, no sé. Al principio hicieron lo que todas las parejas jóvenes y pobres. Vieron las cosas gratis como los paseos de charros en Chapultepec los domingos y los desfiles que se sucedieron durante los primeros meses de sus amores, primero el desfile patriótico del día de la independencia en septiembre cuando el tío Richi quiso estar con su flauta en Acapulco, después el desfile deportivo del día de la revolución, en diciembre las iluminaciones de navidad y las posadas antiguas en la antigua casa de Bernabé, la vecindad de Guatemala donde vivía su amigo enfermo Luisito. Apenas se saludaron porque era la primera vez que Bernabé llevó a la Martincita a conocer gente que él ya conocía y que conocía a doña Amparito su mamá y doña Lourdes la mamá de Luisito y Rosa María ni los saludó siquiera y el niño lisiado los miró con unos ojos sin porvenir. Luego Martina dijo que quería conocer otros amigos de Bernabé. Luisito le daba miedo porque era igualito a un viejo de su pueblo y al mismo tiempo nunca iba a ser viejo. Buscaron a los chamaquillos que jugaron fut con Bernabé y limpiaron parabrisas y vendieron chicles y klínex y a veces hasta cigarros de carita en Universidad, Insurgentes, Reforma y Revolución pero una cosa era correr por las avenidas anchas chanceando, albureando, disputando clientes y luego gastando la energía sobrante en un potrero con una pelota de papel y otra cosa salir con muchachas y hablar como gente, sentados en una lonchería frente a unas silenciosas tortas de cachete de puerco y unas chaparritas de piña. Bernabé los miró allí en la lonchería, le envidiaron a la Martina porque cogía de veras y no en sueños mojados ni en puras echadas pero no se la envidiaron porque era feicita. Para vengarse o distinguirse o no más para diferenciar sus suertes los muchachos les contaron que un político que todos los días pasaba por Constituyentes rumbo a las oficinas del ejecutivo en Los Pinos les regaló con aspavientos boletos para el juego de fut a dos de ellos para impresionar a un guardia presidencial que miró la escena y los demás juntaron bastante dinero para ir el domingo y lo invitaron a él pero sin ella porque no alcanzaba la lana y Bernabé dijo que no, no iba a dejarla sola el domingo. Acompañaron a los muchachos hasta la entrada del estadio Azteca y Martincita le dijo que podían ir al Cementerio Español pero Bernabé nomás meneó la cabeza, le compró un refresco a la Martina y comenzó a pasearse como ocelote enjaulado en frente del estadio, dando de patadas contra los postes de luz neón cada vez que oía la gritería allá dentro, el aullido de ¡gol! y Bernabé pateando postes y diciendo por fin me lleva la chingada puta vida esta por dónde me le cuelo a la vida, ¿por dónde?

Palabras

Martina le preguntó qué iban a hacer, ella era muy sincera y le dijo que podía engañarlo dejándose embarazar por él pero para qué si antes no se pusieron bien de acuerdo en lo que de veras iban a ser. Ella le soltó indirectas como cuando él le propuso que se fueran a Puebla al desfile del 5 de mayo de aventón y lograron que un camión materialista los llevara hasta la iglesita de San Francisco Acatepec brillante como un dedal de donde se fueron caminando a la ciudad de azulejos y caramelos, ensoñados todavía con la aventura juntos y el paisaje limpio de pinos y volcanes fríos que para Bernabé era novedad. Ella llegó de los llanos indios de Hidalgo y conoció el campo pobre dijo pero limpio también no como la mugre de la ciudad y mirando el desfile de los zuavos y los zacapoaxtlas, las tropas de Napoleón contra las del licenciado don Benito Juárez, le dijo que le gustaría verlo de uniforme, marchando, con su banda y todo. Iba a tocarle el turno de ser sorteado en la conscripción militar y allí era sabido dijo la Martina con un aire de estar muy al tanto les daban a los conscriptos la educación que les faltó y la carrera de soldado no era mala para los que no empezaban ni con un petate donde caerse muertos como él. Las palabras se le trabaron como pinole en la garganta a Bernabé, sólo allí sintió que él no era como la Martincita pero que ella no se daba cuenta y mirando los jamoncillos, las cajetas y las panochitas de una dulcería se comparó con ella en el reflejo de la vitrina y se vio más guapo, más esbelto, hasta más blanquito y con una como centellita verde en los ojos, no esas negruras impenetrables de capulín en la mirada sin blanco de su novia. No supo cómo decirle nada y por eso la llevó con su mamá. La Martincita lo tomó muy a pecho, se emocionó y casi lo entendió como una propuesta formal. Pero Bernabé sólo quiso que ella viera que ellos eran distintos. Quizás doña Amparito esperó largo tiempo un día así, una oportunidad así que le diera ánimos de juventud otra vez. Sacó sus mejores trapos, un traje sastre con hombrotes anchos, las nylon atesoradas y los zapatos puntiagudos de charol, colgó algunas fotos antiguas que sacó celosamente de una maleta de cartón, fotos amarillentas que comprobaron la existencia de antepasados, no salieron de la nada, ayer no más, faltaba más señorita vea a qué familia se pretende usted meter y una foto donde el presidente Calles estaba en el centro y a la izquierda el general Vergara y por allá atrás el caballerango del general, el papá de Amparito, Romano, Rosendo y Richi. Pero la apariencia de la Martincita dejó muda a doña Amparo. La mamá de Bernabé supo competir con otras mujeres como ella, inseguras de su lugar en el mundo, pero la Martincita no mostró ninguna inseguridad. Era una campesina y nunca pretendió ser otra cosa. Doña Amparo miró desoladamente la mesa dispuesta para el té, los pastelitos de moca que mandó traer con Richi de una panadería lejana. Ahora no supo cómo ofrecerle té a esta gatita, gatita primero y luego fea fea fea como pegarle a Cristo por dios que era fea, pudo luchar hasta contra una criada bonita, pero ser gatupería y espantapájaros, ¿qué palabras venían al caso cómo le iba a decir tome asiento señorita, dispense las estrecheces pero la decencia se lleva adentro y también en los modales, la siguiente vez podemos comparar nuestros álbumes de familia si le parece bien a usted, ahora gustaría un sorbo de té, limón o crema, un pastelito de moca señorita, Bernabé ama la pastelería francesa por encima de todo, es un chico de gustos refinados sabe usted? No le dio la mano. No se levantó. No le habló. Bernabé rogó en silencio habla mamá, tú sí sabes qué palabras hay que decir, en eso te pareces a la Martincita, las dos saben hablar, a mí de plano no me salen las palabras. Vámonos Bernabé dijo la Martina muy orgullosa después de cinco minutos de silencio terco. Quédate a tomar tu té conmigo, sé cuánto te gusta, dijo doña Amparo, buenas tardes muchacha. La Martina esperó un par de segundos, luego se arropó en su suetercito lanudo y se fue rápido de la casa. Se vieron otra vez, uno de sus domingos siempre juntos y muy acurrucados y llenos de las palabras bonitas y cachondas de la Martincita pero ahora con un filo duro, ofensivo.

—Yo desde niña supe que no podía ser niña. Tú no Bernabé, ya vi que tú no.

Separaciones

Bernabé intentó una vez más, ahora por el lado de los tíos, cuántas *erres* rió Martina mostrando sus dientecitos de oro, Rosendo Romano y Richi sentados con las pistolas entre las piernas después de pasarse la mañana de un domingo

111

matando conejos y sapos y después cortando las plantas cenizas en el llano de gobernadoras verdes y chaparras. Richi dijo que las hojas de la ceniza eran buenas para los calambres de estómago y los sustos y codeó a su hermano Rosendo mirando a la Martincita sonriente de la mano de su sobrino Bernabé y Romano le dijo a Bernabé que le iba a hacer falta un té de hojas de ceniza para recuperarse del espanto. Los tres se rieron feo y esta vez la Martincita sí se tapó la cara con las manos y salió corriendo ligero con Bernabé detrás de ella, espérame Martina ¿qué tienes? Los tíos aullaron como coyotes, se lamieron los bigotes, se abrazaron entre sí y se palmearon las espaldas muertos de la risa, oye Bernabé dónde recogiste a la huerfanita, está de a tiro para los leones, un sobrino nuestro con semejante redrojo, ya ni la amuelas sobrino, deja que te busquemos algo mejor, de dónde la sacaste escuincle, no nos digas que de la encerrona de los domingos, ah cómo serás tarugo sobrino, con razón tu mamacita andaba tan afligida la pobre. Pero Bernabé no tuvo palabras para decirles que ella le habló bonito y además fue cariñosa, lo tuvo todo menos la belleza, quiso decirles y no pudo, me va a hacer falta, la vio correr por el llano, detenerse, mirar hacia atrás, esperarlo por última vez, decídete Bernabé, yo no te doy dolores de panza ni te espanto el sueño, yo te arrullo, yo te acaricio, yo te hago probar los dulces Bernabé decídete mi amorcito Bernabé. De a tiro ojete, sobrino; una cosa es tirarse a una criadita gratis los domingos para echar fuera la leche y otra es quién muestras y llevas por el mundo y para eso te va a hacer falta lana, Bernabé, ven aquí, no seas bruto, déjala irse, nadie se casa con la primera vieja que se acuesta y menos con semejante espanto de tu Martincita cara de cachetada mira nomás cómo serás güey Bernabé ya es hora de que te hagas hombrecito y ganes tu lanurria para sacar a pasear a las viejas, nosotros no tuvimos hijos, todo te lo dimos a ti, estamos contando contigo, Bernabé, ¿qué te hace falta?, ¿el carro, la lana, la ropa, cómo te vas a vestir, qué vas a decirles a las gordas, sobrino, cómo te les vas a acercar, desplante torero, Bernabé, son vaquillas toréalas así con salero, con garbo como dice el pasodoble, ven Bernabé, enséñate a usar la pistola, ya va siendo tiempo, júntate con tus viejos tíos, nosotros nos sacrificamos por ti y por tu mamacita, tú no tienes por qué, olvídala Bernabé, hazlo por nosotros, ahora te toca a ti salir adelante chavo, con la felina esa te ibas patrás muchacho, no nos digas que nos sacrificamos en balde, mira mis manos descascaradas de perro tiñoso, mira la panza inflada de tu tío Romano, igual tiene una llanta de grasa y gases en la cabeza, a qué le tira ya y mira los ojos muertos de tu tío Richi que nunca fue a Acapulco y los sueños que se le quedaron como lagañas en la pestañiza, a eso le tiras chamaco? Sepárate, para arriba Bernabé, ya estoy viejo y te lo digo, aunque no lo quieras todo nos va separando, como ahorita te separaste de tu novia igual te vas a separar de tu mamá y de nosotros, con dolor cual más o menos, a todo se acostumbra uno, luego las separaciones te van a parecer normales, así es la vida, es una separación tras otra, no lo que se junta lo que se separa eso es la vida, ya verás Bernabé. Pasó esa tarde solo sin la Martina por primera vez en 10 meses, recorriendo la Zona Rosa, mirando los carros, los trajes, las entradas a los restoranes, los zapatos de los que entraban, las corbatas de los que salían, chicoteando la mirada de una cosa a otra, sin detenerla demasiado tiempo en nada ni en nadie, temeroso de una fuerza amarga una bilis en los cojones y en las tripas que le hiciera entrarle a patadas a los muchachos elegantes, a las señoritas meneosas que entraron y salieron de los bares y comederos de Hamburgo, Génova y Niza, como le entró a patadas a los postes afuera del estadio. Se agarró a patín por todo Insurgentes en domingo, repleto de los coches que regresaban de Cuernavaca dándose de topetones, los globeros, las torterías también repletas, imaginando que podía patear a la ciudad entera hasta quebrarla en pedacitos de luz neón y luego moler los pedacitos y tragárselos y ahí nos vidrios Bernabé. Fue cuando el tío Richi al que le tenía coraje desde antes de que se burlara de la Martincita le hizo señas alebrestadas sentado en una ostionería al aire libre cerca del puente de Insurgentes.

—Ya se me hizo sobrino. Me aceptaron de flautista y me voy a Acapulco con la orquesta. Para que veas que cumplo te convido. La mera verdad creo que te lo debo todo a ti. Mi jefe quiere conocerte.

El Güero

No tuvo que ir con el tío Richi a Acapulco porque el Jefe le dio chamba luego luego. Bernabé no lo conoció en seguida, sólo oyó su voz gruesa y entonada como la de un locutor de radio detrás de las puertas de vidrio de la oficina. Que se encargaran de él los muchachos. Lo miraron de arriba abajo en los vestidores, otros le pintaron un violín con los dedos en las narices, otros lo mandaron al carajo con un gesto de la mano y siguieron vistiéndose, fajándose bien los calzoncillos y acomodándose los testículos. Un prieto alto con la cara larga y las pestañas duras le rebuznó y Bernabé estuvo a punto de írsele encima pero otro medio güerejo se le acercó y le dijo que cómo prefería vestirse, el Jefe ponía un guardarropa nuevo a disposición de los recién llegados y que no le hiciera caso al Burro, el pobre rebuznaba para nombrarse a sí mismo, no para ofender a nadie. Bernabé recordó las insinuaciones de la Martina en Puebla, éntrale al ejército Bernabé,

114

te educan primero. Aprendes a obedecer, luego te ascienden y si te corren te compras un cañón y trabajas por tu cuenta bromeó. Le dijo al Güero que estaba bien el uniforme, él no sabía como vestirse, estaba bien el uniforme. El Güero le dijo que por lo visto iba a tener que ocuparse de él y le escogió una chamarra de cuero, unos vaqueros tiesos todavía de la fábrica y un par de camisas de cuadros. Le prometió que cuando tuviera novia le daría un traje de salir, ahora que se conformara y para los ejercicios del pentatlón camiseta blanca y cuidado con los güevos, bien acomodados dentro de la canasta porque a veces los trancazos son duros. Lo instalaron en uno como campamento militar pero que no se anunciaba por ningún lado, con muchos camiones grises esperando siempre afuera y a veces hombres vestidos de paisano que al entrar se amarraban un pañuelo blanco al brazo y al salir se lo quitaban. Durmieron en catres de campaña y entrenaron desde temprano en un gimnasio con olores de eucalipto que se colaban por los vidrios rotos. Primero hubo argollas y paralelas, barra fija y plintón, pesas y potros. Luego siguieron con varas, cuerdas nudosas, troncos sobre barrancos y tiro al blanco, sólo al final del entrenamiento cachiporras tubos de hule y manoplas de fierro. Se miró en el espejo de cuerpo entero del vestidor, encuerado, dibujado con una punta de fierro, con la cabellera rizada naturalmente, no con fierros calientes como la pobre Martincita lacia, con las facciones mestizas delgadas y huesudas, con perfil, no como la Martincita cara de manazo, buen perfil en la cara y buen perfil entre las piernas y en la barriga y un orgullo verde en los ojos que antes no estaba allí. El Burro pasó rebuznando y riendo al mismo tiempo, con una reata más larga que la suya y las dos cosas le dieron coraje a Bernabé. Otra vez el Güero lo detuvo y le recordó que el Burro no sabía reírse de otra manera, se anunciaba con su rebuzno como él, el Güero, se anunciaba con su transistor, con la música por delante siempre, donde se oye la música está mi Güero. Un día Bernabé sintió que la tierra cambió debajo de sus tenis. Ya no fue más la tierra blanda de las Lomas de Chapultepec, arenosa y regada de alhumajos. Ahora todos los entrenamientos fueron en un enorme frontón para enseñarse a correr duro, pegar duro, moverse duro sobre pavimento. Bernabé dio en fijarse en el Burro para sentir coraje, girar con agilidad y plantar un manotazo seco en la nuca del enemigo. Le metió un rodillazo al muchacho larguirucho de pestañas duras que fue el descontón y el Burro tardó 10 minutos en recuperarse pero luego rebuznó y siguió entrenando como si nada. Bernabé sintió que se acercaba el momento. El Güero le dijo que no, entrenó muy bien, a toda madre, se mereció su vacación. Lo trepó a un Thunderbird rojo y le dijo diviértete metiendo los casetes, tú mismo escoge la música, si te aburres pon la tele mini está allí vámonos a Acapulco Bernabé, voy a darte una probadita de lo que es la vida, *yo nací con la luna de plata y nací con alma de pirata, he nacido rumbero y jarocho*, escoge lo que quieras. No es cierto, se dijo después, no escogí nada, escogieron por mí, la gringa estaba lista para mí en esa camota de colchas que daban cardillo, el mozo vestido de changuito cilindrero estaba listo para cargarme las maletas, otro igualito para traerme el desayuno al cuarto y llevarme la nevera, lo único que no me regalaron porque ya estaban allí fueron el sol y el mar. Se miró en los espejos del hotel pero no supo si lo miraban a él. Aparte de la Martincita, no supo si le gustaba a las mujeres. El Güero le dijo que para que él mismo pagara tenía que hacer mucha lana, para no sentir que las cosas le tocaban de propina; mira este Thunderbird colorado, Bernabé, será de segunda mano pero es mío, lo compré con mis tlacos, rió y le dijo que ya no se verían tan seguido, ahora le tocaba pasar a manos de Ureñita, nada menos que el doctor Ureñita, ése sí que era un pesado, con una cara agria de solterona y feo como un mico estreñido, no como el Güero que sí sabía gozar, hey negra sabor, chao, dijo escupiéndose sobre las dos manos antes de embarrarse la saliva en el copete color de centavo nuevo y arrancar en el Thunderbird.

Ureñita

—¿Hasta qué grado llegaste, mi distinguido?

—Cree que ni me acuerdo.

—No seas burro. ¿Segundo, tercero?

—Usted dirá señor Ureña.

—Claro que te diré, Bernabé. Para eso estoy aquí. Las cabecitas huecas como la tuya llegan a carretadas aquí. Ni modo. Tal es la materia prima. A ver cómo la refinamos, cómo la hacemos exportable, pues.

—Como usted diga señor Ureña.

—Presentable, quiero decir. Dialéctica. Nuestros amigos creen que no tenemos historia ni ideas porque ven a burros como tú y se ríen de nosotros. Mejor así. Que lo crean. Así ocupamos toda la historia que ellos dejen vacía. ¿Me entiendes?

—No maestro.

—Ellos han llenado de mentiras la historia de la patria para debilitarla, para hacerla chiclosa y entonces este arranca un pedazo de chicle y aquel otro pedazo y al principio no se nota. Pero un día despiertas y no tienes la patria grande, libre y unida que soñaste, Bernabé.

—¿Yo?

—Sí, hasta tú, aunque no lo sepas. ¿Por qué crees que estás aquí conmigo?

—El Güero dijo. Yo no sé nada.

—Pues yo te voy a enterar, borrico. Estás aquí para ayudar al nacimiento de un mundo nuevo. Y un mundo nuevo sólo puede nacer de orígenes tumultuosos, odiosos, terribles. ¿Me entiendes? La violencia es la partera de la historia.

—Si usted lo dice señor Ureñita.

—No uses el diminutivo. Los diminutivos disminuyen. ¿Quién te enseñó a llamarme Ureñita?

—Ninguno se lo juro.

—Pobre tarado. Si quisiera te analizaría en dos patadas. Esto es lo que nos mandan. La culpa es de John Dewey y Moisés Sáenz. Dime Bernabé, ¿tienes miedo a hundirte en la pobreza?

—Ahí estoy señor Ureña.

—Te equivocas. Hay peor. Imagina a tu mamacita trapeando pisos o peor tantito, imagínatela de huila.

—Usted igual profe.

—No me ofendes burrito. Yo sé quién soy y lo que valgo. Los conozco a ustedes, lúmpenes de mierda. ¿Crees que no los conozco? De estudiante yo fui a las fábricas, tratando de organizar a los obreros, despertar su conciencia radical. ¿Tú crees que me hicieron caso?

—De repente maestro.

—Me dieron la espalda. No escucharon mi mensaje. No quisieron ver la realidad. Ahí los tienes. La realidad los castigó, se vengó de ellos, de todos ustedes pobres diablos. No han querido ver la realidad, eso es, han querido castigar a la realidad con ilusiones y se han frustrado como clase revolucionaria. Aquí me tienes sin embargo tratando de formarte Bernabé. Te lo advierto; no cejo fácilmente. Bueno ya dije lo que tenía que decir. Ellos han propalado estos infundios sobre mí.

—¿Ellos?

—Nuestros enemigos. Pero yo quiero ser tu amigo. Cuéntamelo todo. ¿De dónde vienes?

—Pues ahi de por ahi.

—¿Tienes familia?

—Asegún.

—No te me cierres. Quiero ayudarte.

—Segurolas profe.

—¿Tienes noviecita?

—Puede.

—¿A qué aspiras, Bernabé? Tenme confianza. Yo te la tuve, ¿o que no?

—Asegún.

—Puede que el ambiente del campamento sea excesivamente frío. ¿Prefieres platicar en otra parte conmigo?

—Me da igualdad.

—Podemos ir juntos a un cine, ¿te gustaría?

—Quién quita.

—Date cuenta de una cosa. Yo puedo ayudarte a humillar a los que te humillaron.

—Me cae de madre.

—Tengo libros en mi casa. No, no sólo libros de teoría, también libros menos áridos, toda clase de libros para muchachos.

—Suavena.

—¿Entonces vienes monigotito?

—Chóquela señor Ureñita.

El licenciado Mariano

Lo llevaron a verlo cuando le mordió la mano a Ureña y dicen que el Jefe se tumbó de la risa y quiso conocer a Bernabé.

Lo recibió en una oficina de cuero y encino con libros parejitos de color y estatura y óleos de volcanes en llamas. Dijo que podía llamarlo licenciado, el licenciado Mariano Carreón, eso del "Jefe" como le decían en el campamento sonaba muy pretencioso, ¿no? Sí jefe dijo Bernabé y el licenciado le pareció igualito al barrendero de la escuela, un barrendero con anteojos, una cabecita de aceituna muy peinada y anteojos de fondo de botella y un bigotillo de ratón. Le dijo que le gustó cómo le respondió al sangrón de Ureña, era un antiguo rojillo que ahora los servía a ellos porque los otros jefes del movimiento decían que una barnizadita teórica era importante.

Él no lo creía así y ahora iba a verlo. Llamó a Ureña y el teórico entró cabizbajo y con la mano vendada donde Bernabé le enterró los dientes. Le ordenó que bajara un libro de la estantería, el que quisiera, el que más le gustara y lo leyera en voz alta. Sí señor como usted mande señor dijo Ureña y leyó con la voz temblorosa *no pude amar en cada ser un árbol con su pequeño otoño a cuestas*, tú entiendes algo Bernabé, no dijo Bernabé, sigue leyendo Ureñita, usted manda señor, *y en las últimas casas humilladas, sin lámpara, sin fuego, sin pan, sin piedra, sin silencio, solo, rodé muriendo de mi propia muerte*, síguele Ureñita, no desfallezcas, quiero que el chamaco entienda qué chingaos es eso de la cultura, *piedra en la piedra, el hombre, dónde estuvo, aire en el aire, el hombre, dónde estuvo?, tiempo en el tiempo*, Ureña tosió, pidió mil perdones, *fuiste también el pedacito roto de hombre inconcluso*, párale Ureñita, ¿entendiste algo chavo? Bernabé negó con la cabeza. El Jefe le ordenó a Ureña que pusiera el libro en un cenicerote de vidrio soplado de Tlaquepaque similar a los anteojos del licenciado, allí mero, y le prendiera fuego con un cerillo pero ya, a paso redoblado Ureñita dijo con una risa seca y seria el licenciado Carreón y mientras las páginas ardían a mí no me hizo falta leer nada de eso para llegar a donde estoy, quién quita y me hubiera sobrado, Ureñita, ¿por qué le iba a hacer falta a este escuincle? Dijo que tuvo razón en morderlo y si usted me pregunta para qué tengo esta biblioteca aquí le diré que es para recordar a cada rato que quedan muchos libros por quemar todavía. Mira chamaco le dijo a Bernabé mirándolo con todo el fulgor de que era capaz detrás de sus ocho capas de vidrio congelado, cualquier pendejo puede atravesar la cabeza más inteligente del mundo con un balazo, no te olvides de eso. Le dijo que se le pegara, le gustaba, le recordaba cómo había sido, le renovaba los ánimos y cómo le hubiera gustado, le dijo cuando lo convidó a acompañarlo en un Galaxy negro como una carroza fúnebre con todos los vidrios oscurecidos para ver hacia fuera sin ser visto hacia adentro, tener hace 40 años a alguien que se ocupara de él, de gente como él, al general Almazán le birlaron la elección, el sinarquismo hubiera cuidado a la gente como ellos, como ellos lo estaban haciendo ahora, no te preocupes, si nos hubieras tenido a nosotros tu vida y la de tus padres habría sido distinta. Mejor. Pero ya nos tienes, chavo Bernabé. Le dijo al chofer que regresara como a las cinco y a Bernabé que lo acompañara a comer, entraron a uno de los restoranes de la Zona Rosa que Bernabé sólo vio por fuera un domingo con rabia, todos los mayordomos y meseros se les inclinaron como acólitos en la misa, señor licenciado, su privado está listo, por aquí, a sus órdenes señor, lo que usted mande, abusado Jesús Florencio te dejo al señor licenciado en tus manos. Bernabé se dio cuenta de que al Jefe le gustaba contar su vida, cómo salió de a tiro del culo de la ciudad y con tenacidad, sin libros, con una idea de la grandeza de la patria eso sí, llegó a donde estaba. Comieron mariscos gratinados y bebieron cervezas hasta que los interrumpió el Güero con un mensaje y el Jefe lo oyó y le dijo que trajera a ese hijo de puta y a Bernabé sigue comiendo tranquilo. El Jefe siguió contando muy tranquilo sus anécdotas y cuando el Güero regresó con un señor transparente y bien trajeado el Jefe no dijo nada más que buenas tardes señor ministro aquí el Güerito le va a decir lo que usted necesita saber. El Jefe le entró con parsimonia a su langosta thermidor y el Güero agarró del nudo de la corbata al ministro y le soltó un rosario de improperios, que aprendiera a tratar con el señor licenciado Carreón, que no se saltara trancas para llegar al señor presidente, esos asuntos pasaban primero por el mero señor licenciado Carreón porque a él le debía la chamba el señor ministro, ¿okey? Y el Jefe no miró ni al Güero ni al ministro, nomás a Bernabé y en la mirada de ese momento Bernabé leyó lo que tenía que leer, lo que el Jefe quiso que leyera, tú también puedes ser así, tú puedes tratar así a los meros meros, impunemente Bernabé. El Jefe pidió que le retiraran los restos de la langosta y Jesús Florencio el mesero se inclinó con celeridad cuando vio al señor ministro pero miró la cara del señor licenciado Carreón y prefirió ya no saludar al señor ministro sino atarearse en retirar los platillos sucios. Como no podía cruzar la mirada con nadie más, Bernabé y Jesús Florencio cruzaron las suyas. A Bernabé le cayó bien el mesero. Sintió que con él pudo hablar porque compartieron un secreto. Aunque tuvo que lambisconear igual que todos se ganó su vida y su vida era sólo para él. Supo esto porque dieron en verse, Jesús Florencio le agarró simpatía a Bernabé y le advirtió cuídate, cuando quieras venir a trabajar aquí de mesero yo te ayudo, la política da muchas vueltas y el ministro no te va a perdonar que lo hayas visto humillado por el licenciado pero el licenciado tampoco te va a perdonar que lo hayas visto humillar a alguien el día que lo humillen a él.

—De todos modos, te felicito. Creo que ya agarraste boleto chavo:

—¿Tú crees, mano?

—No me desampares, sonrió Jesús Florencio.

El Pedregal

Lo que allí sintió Bernabé es que éste sí era un lugar con nombre. El Jefe lo llevó a su casa en el Pedregal y le dijo siéntete a gusto, haz de cuenta que te adopto, muévete por donde gustes y vuélvete cuate de los muchachos de la cocina y la intendencia. Entró y salió por la casa que empezaba a nivel de tierra por los servicios pero luego en vez de subir iba bajando por unas rampas de cemento color escarlata por uno como cráter hacia las recámaras y finalmente hasta las estancias abiertas alrededor de una piscina cavada en el centro subterráneo de la casa pero iluminada desde abajo por las luces subacuáticas y desde arriba por el techo de emplomados azul celeste que servía de sombrero a la mansión. La esposa del licenciado Carreón era una gordita con bucles muy negros y medallas religiosas debajo de la papada, sobre los pechos y las muñecas que cuando lo vio le dijo que qué era si terrorista o guarura, si venía a raptarlos o a protegerlos todos eran igualitos, los nacos. A la señora su chiste le dio mucha risa. Se la oía venir de lejos, como una fanfarria, como el Güero y su transistor, como el Burro y su rebuzno. Bernabé la escuchó mucho los dos o tres primeros días que anduvo como bobo recorriendo la casa, esperando que el Jefe lo llamara y le diera chamba, tocando los chismes de porcelana, las vitrinas y los jarrones y topándose a cada rato con la señora sonriente como dicen que lo fue su papá Andrés Aparicio. Una tarde oyó la música, los boleros sentimentales tocando a la hora de la siesta y se sintió lánguido y guapetón como frente a los espejos del hotel de Acapulco, atraído hacia la música suave y triste pero cuando llegó al segundo piso se perdió y entró por uno de los baños a un vestidor con docenas de kimonos y sandalias de playa con tacón de hulespuma y la puerta entreabierta.

La cama tan grande como la del hotel de Acapulco estaba cubierta de pieles de tigre y en la cabecera vio una repisa de veladoras y estampas y debajo un aparato de cintas como el que traía el Güero en su Thunderbird de segunda mano y sobre las pieles la señora Carreón encuerada salvo las medallas religiosas, sobre todo una en forma de concha de mar con la imagen en oro de la virgen de Guadalupe sobrepuesta que la señora se puso sobre el sexo mientras el Jefe Mariano se acercó a levantársela con la lengua y la señora rió con una voz coqueta y tipluda de quinceañera y dijo no amito mío no mi rey respeta a tu virgencita y él en cuatro patas encuerado con las pelotas moradas de frío a saber queriendo acercarse a la medalla en forma de concha ay mi gorda cachonda ay mi putita santa mi huilita perfumada mi diosa bucles de nácar deja a tu papacito bendecirte a tu virgencita mi amor y el bolero en la grabadora todo el tiempo *yo sé que nunca besaré tu boca, tu boca de púrpura encendida, yo sé que nunca llegaré a la loca y apasionada fuente de tu vida.* Los muchachos de la intendencia y la cocina le dijeron luego se ve que el Jefe te agarró buena voluntad chavo, no pierdas eso porque él te protege contra todo. Salte si puedes de la brigada, ese es trabajo peligroso, ya verás. En cambio aquí en la cocina y la intendencia vieras que a todo dar la pasamos. El Güero andaba por la intendencia contestando teléfonos y convidó a Bernabé a dar una vuelta en el jaguar de la señorita hija de los señores Carreón, ella estaba en una escuela para refinar modales con las monjas de Canadá y el coche tenía que correr de vez en cuando para no amolarse. Dijo que los muchachos de la intendencia tenían razón algo te vio el Jefe que te trae adoptado. Aprovéchate Bernabé. Tú le entras a la guaruriza y te armaste de por vida, dijo el Güero corriendo el jaguar de la niña como quien ejercita un caballo para una carrera, palabra que te armaste. El punto es que te enteras de todos los chismes y luego ni modo que te jodan, los traes medio vampirizados y ni modo que te jodan, a menos que te asilencien para siempre. Pero si sabes jugar bien tus cartas, mira nomás, tienes todo, la lana, las viejas, los coches y hasta comes lo mismo que ellos. Pero el Jefe Mariano tuvo que estudiar, contestó Bernabé, primero se hizo licenciado y luego se armó. El Güero rió mucho de esto y dijo que el Jefe no había estudiado más que la primaria, lo de licenciado se lo pegaron porque así le dicen en México a toda la gente importante, aunque no haya visto un libro de leyes ni por las tapas, no sea güey Bernabé. Lo que debes saber es que todos los días nace un millonario que va a querer que un día tú le protejas la vida, los escuincles, la laniza, las piedras. ¿Y sabes por qué Bernabé? Porque cada día también nacen mil cabrones como tú dispuestos a darle en la madre al rico que nació el mismo día que tú. Uno contra mil, Bernabé. No me digas que no es fácil escoger. Si nos quedamos donde nacimos, nos va a llevar la chingada. Más vale pasarnos con los que nos van a chingar, como que dos y dos son dios, ¿no? El Jefe lo llamó al bar junto a la piscina y le dijo a Bernabé que lo acompañara y mirara el retrato de su hija Mirabella en la foto a colores de la pared, ¿no era bonita?, seguro que sí y era porque fue hecha con amor, con sentimiento y con pasión porque sin eso nomás no hay vida, ¿verdad Bernabé? Le dijo que se miraba en él, sin nada, sin techo siquiera pero con todo por delante para conquistar. Le envidió eso, dijo con los anteojos ciegos de vapor, porque luego lo tienes todo y nomás te agarras odio a ti mismo, odio porque no aguantas el aburrimiento y el enervamiento de haber llegado hasta arriba, ¿ves?, por una parte sientes terror de volver a caer allá abajo de donde saliste pero por otra parte te hace falta la lucha para llegar a la cumbre. Le preguntó si no le gustaría un día casarse con una muchacha como Mirabella, ¿él no tenía novia? y Bernabé comparó a la muchacha de la foto retocada, rodeada de nubes color de rosa, con la Martincita tan deatiro dada a la desgracia pero no supo qué decirle al señor licenciado Mariano porque decirle que sí o decirle que no era ofenderlo igual y además el Jefe no lo oyó a Bernabé, se oyó a sí mismo creyendo oír a Bernabé.

—El dolor que uno sufre, uno tiene derecho a hacérselo sufrir a los demás, chavo. Esa es la santa verdad, por esta te lo juro.

La brigada

Van a juntarse en el Puente de Alvarado para tratar de bajar por Rosales hacia el Caballito. Nosotros vamos a estar en los camiones grises en Héroes y Mina al norte, y en Ponciano Arriaga y Basilio Badillo al sur, de modo que por cualquier lado los copamos. Todos usen el brazal blanco y el nudo de algodón blanco sobre el pecho y tengan listos los pañuelos con vinagre para protegerse de los gases cuando venga la policía. Cuando la manifestación esté a cuadra y media del Caballito ustedes que van a estar en Héroes bajan por Rosales y la atacan por detrás. Griten Viva el Ché Guevara, muchas veces, griten fuerte que no quepa duda qué cosa defienden. Traten de fachistas a los de la manifestación. Repito: fa-chis-tas. Entiéndanlo bien, creen una confusión absoluta, lo que se llama el rosario de Amozoc y luego peguen duro, no se guarden nada, con las cachiporras y las manoplas y ya digan lo que quieran, suéltense muchachos, dénse gusto, los que vienen del sur van a gritar Viva Mao pero ustedes mándenlos a volar, ya ni hagan caso, tómenlo como una fiesta, dénle vuelo a la hilacha, ustedes son la mera brigada de los gavilanes y ahora van a probarse en el terreno, chavos, en la calle, en el asfalto, contra los postes y las cortinas de fierro, apedreen cuanto comercio puedan, eso crea mucha tirria contra los estudiantes, pero lo importante es que cuando se los encuentren se suelten el alma, chinguen sin piedad, pateen, descontón y a los güevos, tú y tú nomás ustedes dos con picahielos por lo que pase y si le sacan un ojo a un cabrón rojete de esos no le hace, va por el escarmiento y aquí los protegemos, eso lo saben llévenlo muy metido en la azotea cabrones aquí los protegemos de modo que a hacer lo que dios manda y bien hecho, la calle es de ustedes, ¿tú dónde naciste? ¿y tú dónde? ¿Azcapotzalco, Balbuena, Xochimilco, Canal del Norte, Atlampa, la colonia Tránsito, Mártires de Tacubaya, Panteones? Pues hoy se vengan mis gavilancitos, nomás piensen eso, hoy la calle donde tanto los jodieron es de ustedes para joder a quien sea, no va a haber castigo, es como la conquista de México, el que ganó ganó y ya estuvo, hoy se me salen a la calle gavilancitos y se me vengan de cuanto jijo de su pelona los haya hecho sentirse gacho, de cuanto desprecio hayan sentido en sus pinches vidas, de cuanto insulto no pudieron contestar, de las cenas que no cenaron y de las viejas que no se cogieron, salen y se me desquitan del casero que les subió la renta y del buscapleitos que los desalojó de la vecindad y del matasanos que no quiso operar a su mamacita sin los 5 mil bolillos por delante, van a zurrarle a los hijos de sus explotadores, ¿ven?, los estudiantes son niños popis que también van a ser caseros, cagatintas y mediquillos como sus papis y ustedes nomás van a desquitarse, a pagar dolor con dolor, mi brigada de gavilanes, ya saben, silencios en los camiones grises, luego agazapados como fieras, luego a la fiesta, a pegar recio, a venirse de gusto pegando recio, pensando en la hermanita violada, en la mamacita fregada de rodillas trapeando y lavando, en el papacito jodido con las manos chuecas de tanto escarbar mierda seca, hoy les toca desquitarse gavilancitos, hoy y nunca más, no vayan a fallarle, no se preocupen, la policía los va a reconocer por los moños y los brazales, va a hacer como que les pega, síganles la comedia, va a hacer como que los mete a la julia a uno que otro, es de a mentiras, para apantallar a la prensa pero lo importante es que mañana la prensa diga refriega entre estudiantes de izquierda, mitotes subversivos en el centro de la capital, la conspiración comunista levanta cabeza, ¡a cortársela pronto!, a salvar a la república de la anarquía y ustedes mis gavilanes nomás piensen que mientras otros sean reprimidos ustedes no lo serán qué va se los prometo yo, ahora duro oigan la carrera sobre el asfalto, la calle es suya, conquisten la calle, pasen fuerte, entren al humo, no le tengan miedo al humo, la ciudad está perdida en el humo. No tiene remedio.

Desconocimientos

Su mamá doña Amparo no quiso ir por la vergüenza, le dijeron los tíos Rosendo y Romano, no quiso reconocer que un hijo suyo fue entambado; Richi logró instalarse para siempre, dependiendo, con la sonora acapulqueña y mandaba 100 pesos de vez en cuando para la jefecita de Bernabé: ella se moría de vergüenza y desconocimiento y Romano le dijo que después de todo su marido Andrés Aparicio había matado a un hombre a patadas. Sí contestó ella pero nunca fue a dar a la peni, esa es la diferencia, Bernabé es el primer entambado de la familia. Que tú sepas, vieja. Pero los tíos miraron a Bernabé de manera diferente, desconociéndolo también; ya no fue el chamaquito zoquete sentado sobre las tejas mientras ellos mataron liebres y sapos en el llano cenizo. Bernabé mató a un muchacho, se le fue encima con un picahielo en el mitote del Puente de Alvarado, se lo clavó hondo en el pecho y sintió cómo eran más fuertes las entrañas del muchacho herido que el fierro frío del arma de Bernabé pero a pesar de todo el picahielo le ganó a las vísceras, las vísceras nomás chuparon para adentro al picahielo como un amante se chupa al otro. El muchacho dejó de reír y rebuznar al mismo tiempo y se quedó mirando a los arcos de luz neón con las pestañas duras. El Güero vino a avisarle que no se preocupara, tenía que hacer un poco de show, él lo entendía, en unos días lo soltaban, mientras se resolvían las cosas y se demostraba que había justicia. Pero tampoco el Güero le reconoció y por primera vez tartamudeó y hasta se le llenaron los ojos de lágrimas. ¿Por qué tuviste que escabecharte a uno, Bernabé y más a uno de los nuestros? Te hubieras fijado más. Además tú conocías al Burro, pobre Burro, era bien pendejo pero buena gente en el fondo. ¿Por qué Bernabé? En cambio Jesús Florencio el mesero ese sí vino nomás como cuate y le dijo que al salir debía irse a trabajar con ellos al restorán, él lo podía arreglar con el dueño y le iba a decir por qué. El licenciado Mariano Carreón se emborrachó en el restorán el día de la refriega en el centro, estaba muy excitado y se soltó contándoles a sus amigos que había un chavo que le recordaba muchas cosas, primero cómo fue el propio don Mariano de chamaco y luego un hombre que conoció 20 años atrás, en una cooperativa del estado de Guerrero, un ingenierito que no se dobló, que trajo dizque la justicia al estado y se lo llevó sin dizque alguno la chingada. El licenciado Mariano contó cómo organizó él la resistencia contra el ingeniero Aparicio jugando a la unión de todas las familias del pueblo, pobres y ricas, contra el fuereño entrometido. Es tan fácil explotar los localismos provincianos. Lo importante dijo Mariano Carreón es que se fortalezcan los cacicazgos porque donde no hay ley el cacique impone el orden y sin orden no hay propiedad ni riqueza para acabar pronto señores les dijo a sus amigos. Ese ingenierito tenía una como santa cólera, una convicción de cruzado que picó al señor licenciado Carreón. Durante los próximos 10 años trató de corromperlo, ofrecerle esto y aquello, ascensos, casas, dinero, viajes y viejas, impunidad pues. Nada. El ingenierito Aparicio se le volvió una obsesión y como no pudo comprarlo trató de arruinarlo, crearle problemas, aplazarle ascensos, hasta sacarlo de una vecindad donde vivía por las calles de Guatemala y lanzarlo a las ciudades perdidas del cinturón de la miseria. Pero la obsesión del licenciado Mariano fue tal que compró todos los terrenos del rumbo donde se fueron a vivir Andrés Aparicio y los suyos y las demás familias de paracaidistas para que no los fuera a desalojar nadie y dijo no, que se queden allí, los viejos se van a morir, de honor nadie vive y la dignidad no se sirve con caldo de médula, está bueno tener un vivero de chamaquillos enojados para cuando crezcan yo los encarrile, mi nido de gavilanes. Contó que todos los días saboreó el hecho de que el ingenierito que no se dejó corromper viviera con su mujer y su hijo y sus cuñados los muy güevones en un terreno propiedad del licenciado Mariano y sólo por su venia. Pero la broma para saborearse de veras tuvo que ser conocida por el ingenierito. De manera que el licenciado mandó a uno de sus roperos armados a decírselo todo a tu padre Bernabé, has estado viviendo de la limosna de mi jefe, chamagoso méndigo, 10 años de limosnero tú tan puro y mi padre que nunca dejó de sonreír para no verse viejo más que una vez esa vez agarró a patadas al guarura del licenciado Carreón y lo mató a patadas y luego desapareció para siempre porque sólo le quedaba la dignidad de pasar por muerto y no enterrado en el tambo como tú por unos días nomás Bernabé. Más vale que lo sepas dijo Jesús Florencio, ya ves que lo que te ofrecen no es tan seguro como dicen. Un día te encuentras un hombre de a de veras y te vale pura sombrilla la impunidad. Ha de ser bien gacho pasársela protegido todo el tiempo, con miedo, diciéndote si no me protege el Jefe valgo un puro carajo. Bernabé se quedó dormido en su catre, protegido hasta la coronilla por la cobijita de lana delgada, hablándole en sueños al Jefe coyón, no te atreviste a mirar a mi papá a la cara, tuviste que mandarle un matón y te mataron al matón, culero. Pero luego tuvo un sueño en el que él se iba rodando en silencio, muriéndose, rodando como un pedacito roto de hombre ¿qué? ¿de hombre qué? Soñó sin poder separar su sueño de un deseo vago pero impetuoso de que cuanto existió fue para la tierra, para todos unidos, el agua, el aire, los jardines, la piedra, el tiempo.

—El hombre, ¿dónde estuvo?

El Jefe

Salió de la peni odiándolo por todo lo que le hizo a su padre, lo que le hizo a él. El Güero lo recogió a la salida del Palacio Negro y lo subió al Thunderbird rojo *una vez nada más se entrega el alma con la dulce y total renunciación* hey familias donde está su Güerito están la música y el sabor. Le dijo a Bernabé que el Jefe estaba esperándolo en el Pedregal en cuanto el chavo quisiera pasar a verlo. Estaba muy apenado de que Bernabé hubiera pasado 10 días entambado en Lecumberri. Pero peor le había ido al Jefe. Bernabé no lo sabía, no leía periódicos ni nada. Pues había una tormenta en contra del Jefe dizque por andar de provocador y lo andan amenazando con mandarlo de gobernador a Yucatán que es como irse de bracero a la luna, pero él dice que se va a vengar de sus enemigos políticos y que le haces falta. Tú fuiste el más hombre de la brigada, dijo. Aunque te hayas llevado de corbata al pobre Burro, pero el Jefe dice que entiende tu pasión él es igual. Bernabé se soltó chillando como un niño, todo le pareció tan pinche y el Güero no supo qué hacer más que detener la música de la casette como por respeto y Bernabé le pidió que lo dejara en la Calzada de Azcapotzalco, por el rumbo del panteón español pero el Güero se preocupó y lo siguió a vuelta de rueda mientras Bernabé caminaba por las banquetas de polvo junto a los floristas que arreglaron las grandes coronas de gardenias y junto a los marmoleros que cincelaron las losas, los nombres, las fechas, el principio y el fin de cada hombre y mujer, ¿dónde estuvieron?, se fue repitiendo Bernabé, recordando el libro quemado por órdenes del licenciado Carreón. El Güero decidió tener paciencia y lo esperó cuando salió por la reja del cementerio una hora después, chanceó, ya van dos veces que sales hoy de tras la reja, chavo, cuidadito, Bernabé entró odiando todavía al Jefe a la casa del Pedregal pero sintió lástima apenas lo vio, con su cara de barrendero miope, agarrado a un vasote de whisky como a un salvavidas. Le dio pena recordarlo encuerado en cuatro patas y con los güevos helados tratando de vencer la coquetería cruel de su esposa. ¿No tenía derecho la Mirabella, después de todo, caray, a ir a una escuela de refinamientos en vez de vivir en un tendajón de lámina y cartón en la ciudad perdida? Entró a la casa del Pedregal, vio al Jefe amolado y sintió pena pero también seguridad, aquí no le iba a pasar nada malo, aquí nadie lo iba a abandonar, aquí el Jefe no lo iba a condenar a joderse fregando parabrisas porque el Jefe no iba a llevar justicia al estado de Guerrero no iba a morirse de hambre con tal de sentirse puro como una hostia, el Jefe no era un pendejo como su Jefe, su Jefe Mariano Carreón su Jefe Andrés Aparicio ay jefecito no me abandones. El licenciado le dijo al Güero que le sirviera su whiskicito al chavo que tan valiente había estado y que no se preocupara, la política no es más que una larga paciencia, en eso se parece a la religión y ya vendría la hora del desquite contra los que le andaban intrigando y tratando de mandarlo de exiliado a la península. Quiso que Bernabé, que estuvo con él a la hora de los cocolazos, también estuviera con él a la hora del desquite. La brigada iba a cambiar de nombre, se volvió demasiado notoria, un día iba a reaparecer blanquita, blanqueada por el sol de la venganza contra los criptocomunistas colados en el gobierno, pero nomás por seis años, bendito principio de la no–reelección, luego a la calle rojillos y como en un péndulo, ya lo verían, ellos regresarían porque ellos sabían esperar largo largo largo como los ídolos de piedra en el museo, ¿eh?, ya ni quien nos pare. Le dijo a Bernabé abrazándolo del cuello que no había destino ninguno que no pudiera ser superado por el desprecio y al Güero que no quería verlos ni a él ni al chavo Bernabé ni a ningún guarura jovenazo por la casa mientras estuviera allí la niña Mirabella que regresaba mañana del Canadá. Se fueron al campamento y el Güero le dio una pistola a Bernabé para que se defendiera y le dijo que no se preocupara, el Jefe tenía razón, no había manera de controlarlos una vez que empezaban a rodar, *mira esa piedra como ya no se para*, carajo dijo el Güero con una miradita muy lista y maliciosa que Bernabé no le vio antes, incluso de las manos del mero Jefe se podían escurrir si querían, ¿él no sabía ya todo lo que había que saber, cómo organizar las cosas, acercarse a una barriada, juntar a los chavos, empezar con resorteras si hacía falta, luego cadenas, luego picahielos como el que usaste para matar al Burro, Bernabé? Si era rete simple, se trataba de crear uno como terror invisible pero compartido, nosotros tenemos terror de vivir siempre protegidos, ellos tienen siempre terror de vivir sin protección. Escoge chavo. Pero Bernabé ya no lo escuchó ni le contestó. Estaba recordando su visita al cementerio esa mañana, los domingos con la Martincita cogiendo en la cripta de una familia decente, un viejo distraído orinando detrás de un ciprés, calvo, sonriente, como un bobo, sonriendo sin parar que luego se fue caminando con la bragueta abierta bajo ese sol picante como un gran chile amarillo del mediodía en Azcapotzalco. Bernabé sintió vergüenza. Que no regrese. Basta una memoria vaga un desconocimiento. Fue a ver a su mamá cuando tuvo un traje nuevo y un Mustang de segunda mano aunque para él solito y le dijo que el año entrante le tendría una casita asoleada y limpia en una colonia decente. Ella trató de decirle lo mismo que de niño, santito, tú eres decente, monigotito, no eres un pelado como los demás, trató de decirle lo mismo que antes dijo del padre, *Nunca he soñado que estés muerto*, pero para Bernabé la voz de su madre ya no era ni tierna ni exigente, nomás significaba lo contrario de lo que decía. En cambio le agradeció que le regalara los tirantes más bonitos de su papá, unos con listas rojas y hebillas doradas que fueron el orgullo de Andrés Aparicio.

Índice

Esta obra se terminó de imprimir en mayo del 2012
en los talleres de Alafi Impresores S.A de C.V.
Nautla 161 - 8 Col. San Juan Jalpa
C.P. 09850 México D.F.